Wie man mit seinen
total durchgeknallten Eltern fertig wird

Bibliografische Information der Deutschen Nationalbibliothek

Die Deutsche Nationalbibliothek verzeichnet diese Publikation
in der Deutschen Nationalbibliografie;
detaillierte bibliografische Daten sind im Internet über
http://dnb.d-nb.de abrufbar.

Titel der Originalausgabe: My Parents are driving me crazy
Die Originalausgabe ist 2015 im Verlag Award Publications Limited,
Großbritannien, erschienen.

Text: Pete Johnson
Übersetzung: Christine Spindler
Covergestaltung und Innenvignetten: Alexander von Knorre

ISBN 978-3-8458-1025-6

www.arsedition.de

Pete Johnson

Wie man mit seinen total durchgeknallten Eltern fertig wird

Aus dem Englischen von
Christine Spindler

arsEdition

Für meine Nichte Zoe,
die sich wünscht, dass Luis in ihre Schule ginge

Dad benimmt sich wie ein Riesenarsch

Montag, 18. November
16.30 Uhr

Die Wände in meinem Zimmer wurden vollgemüllt mit Post-its, auf denen so unhöfliche Sachen stehen wie …

LUIS, WARUM SOLLTE ICH HEUTE DEIN BETT MACHEN? WIE LANGE WÜRDEST DU DAFÜR BRAUCHEN?

LUIS, LASS NICHT DEINEN GANZEN MÜLL AUF DEM BODEN HERUMLIEGEN. DEN HEBE ICH NICHT AUF. DAS DARFST DU MAL SCHÖN SELBER ERLEDIGEN.

LUIS, BRING GEFÄLLIGST DEINE TASSEN IN DIE KÜCHE ZURÜCK. LASS SIE NICHT EINFACH AUF DEM FENSTERBRETT STEHEN IM VERTRAUEN DARAUF, DASS ICH SIE SCHON WEGRÄUMEN WERDE.

»Genau das Gleiche hat Dad in meinem Zimmer gemacht«, beschwerte sich mein kleiner Bruder Elliot, der Zwerg. »Das fühlt sich an, als wäre es gar nicht mehr mein Zimmer.«

Mum hat ja öfter mal bei mir vorbeigeschaut, um ein bisschen zu putzen. Das hat mich nie gestört. Im Gegenteil, ich ließ sie aufräumen, sooft sie das wollte.

Aber dann hat Dad seinen Job verloren, und Mum hat bei dem Immobilienmakler, bei dem sie arbeitet, eine Ganztagsstelle angeboten bekommen. Also beschlossen meine Eltern, die Rollen zu tauschen.

Heute ist Dads erster Tag als Hausmann. Was soll ich sagen, sein Einstand war eine totale Katastrophe. Kannst du dir vorstellen, dass er sich nicht mal die Mühe gemacht hat, meine schmutzigen Tassen in die Küche zu bringen? So ein Faulpelz. Er hat nur herumgemeckert und überall patzige Notizen hingepappt.

»Als ich mein Zimmer gesehen habe, bin ich fuchsteufelswild geworden«, sagte Elliot. »Ich bin runtermarschiert und habe Dad angeschrien. ›Dad, du führst dich auf wie ein Riesenarsch!‹«

»In echt jetzt?«

»Na ja, ich wollte es zumindest, aber ich dachte, ich warte lieber erst, bis du daheim bist.«

Ich nickte und sagte: »Es ist für unsere empfindlichen Kinderseelen sicher schädlich, so viel Rechthaberei ertragen zu müssen. Dad kann wirklich von Glück sagen, dass ich nicht die Kinderseelsorge angerufen habe. Aber wir müssen dem Einhalt gebieten. Und das machen wir – sobald ich mein Zimmer aufgeräumt habe.«

Elliot sah mich entsetzt an.

»Nein, wirklich, die Post-its müssen befolgt werden.«

Dann hob ich in einer raumgreifenden Bewegung die ganzen Berge von Sachen vom Boden auf und schleuderte sie unter mein Bett. Elliot kicherte. Danach sprang ich herum, riss alle Zettel mit Dads Notizen ab und pfefferte sie ebenfalls unters Bett.

Elliot kringelte sich vor Lachen.

»So, und jetzt knöpfen wir uns Dad vor«, sagte ich.

»Ja, wir zeigen ihm, wie der Hase läuft«, meinte Elliot begeistert.

Gemeinsam stapften wir die Treppe runter.

Dad saugte Staub. Mit abscheulichem Enthusiasmus rammte er den Staubsauger in jede Ecke. Aber als er uns sah, schaltete er das Ding ab und sagte: »Staubsaugen ist anstrengender, als es aussieht, macht aber großen Spaß. Wie läuft's bei euch so?«

»Gar nicht gut«, sagte ich. Elliot und ich postierten uns mit düsteren Mienen rechts und links von ihm.

»Was hat *euch* denn die Petersilie verhagelt?«, fragte Dad grinsend. Er war allerbester Laune. Schon beim Frühstück hatte er nicht aufgehört, davon zu schwärmen, welches Glück er hatte, der täglichen Tretmühle entkommen zu sein. Ich ließ seine Traumblase nur ungern platzen, aber gewisse Themen mussten einfach angesprochen werden.

»Wie würde es dir gefallen, Dad«, fragte ich, »wenn ich dein Schlafzimmer mit Notizzetteln zukleistern würde?«

»Aber ich bitte dich ja nicht, *mein* Schlafzimmer zu putzen«, erwiderte er. »Ich habe nur ein paar freundliche Vorschläge gemacht …«

»Freundlich …?«, echoten Elliot und ich ungläubig.

»Jungs, ich habe mich nur gefragt, ob ihr mehr dazu beitragen möchtet, dass bei euch Ordnung herrscht«, sagte Dad.

Ich dachte kurz darüber nach. »Nein, das möchten wir nicht.«

»Ah, damit sind wir an einem interessanten Punkt angelangt«, sagte er.

»Das wage ich zu bezweifeln«, murmelte ich.

»Ihr hattet bis jetzt einfach noch nicht die richtige Ausrüstung.«

»Dad, wir sind nicht in der Armee«, erwiderte ich.

»Aber jetzt habt ihr sie.« Mit diesen Worten überreichte er uns beiden riesige grüne Staublappen, so groß wie Kissenbezüge. »Das sind eure eigenen Staublappen, ihr dürft sie behalten«, erklärte er strahlend.

»Echt«, murmelte ich.

»Oh ja, ich habe sie extra für euch gekauft.«

Manche Väter überhäufen ihre Söhne mit Computerspielen, Comics und Tickets für Fußballspiele – mein Dad kauft uns Staublappen.

»Damit gibt es nichts mehr, was euch aufhalten kann.« Er grinste breit.

»Mum hat nie gesagt, dass wir staubwischen sollen«, sagte Elliot.

»Eure Mutter ist jetzt ganztags berufstätig, also bin ich für das Haus zuständig – und bei mir läuft alles ein bisschen anders. Ich habe beschlossen, dass es in eurer eigenen Verantwortung liegt, eure Zimmer sauber und ordentlich zu halten. Ich werde euch jedoch jederzeit mit Rat und Tat zur Seite stehen.«

»Du verwöhnst uns«, murmelte ich.

»Ich glaube, dass wir ein tolles Team sein werden«, verkündete er.

Nachdem Dad sich wieder ans Staubsaugen gemacht hatte, starrte Elliot den ungewohnten Gegenstand in seiner Hand entgeistert an. »Was machen wir mit den Dingern?«

»Wir werden sie so schnell wie möglich los. Keine Sorge, in ein paar Tagen wird er das alles vergessen haben«, versicherte ich.

19.05 Uhr

Normalerweise kommt Dad gegen sechs Uhr abends heimgewankt, lässt sich aufs Sofa plumpsen und erledigt mit dem Laptop auf den Knien immer noch Bürokram. Nach dem Essen schläft er mit offenem Mund vor dem Fernseher ein.

Aber an diesem Abend schlurfte er in seinen Hausschuhen herum und kochte Tee für Mum. Mum konnte sich allerdings nicht auf dem Sofa entspannen oder von ihrem Tag erzählen. Sie war zu sehr damit beschäftigt, herumzugehen und alles zu bewundern, was Dad heute geleistet hatte.

»Jungs, seht euch doch nur die sauberen Fenster an«, rief sie.

»Okay, wir sehen sie uns an«, sagte ich. »Und was passiert jetzt?«

Dann setzte sich Mum an den Küchentisch und sagte, sie fände es wunderbar, zur Abwechslung mal ein Essen gekocht zu bekommen.

»Tja, von jetzt an ist die Küche meine Domäne, sozusagen mein kleines Königreich«, verkündete Dad. »Du überlässt alles mir, Jessica, in Ordnung?«

»Ich habe mit Sicherheit nichts dagegen«, sagte Mum.

Dann servierte Dad seinen vegetarischen Eintopf und lud uns großzügige Portionen auf die Teller. »Haut rein«, sagte er. »Ich habe so viel gemacht, dass es für einen Nachschlag reicht.«

»Igitt«, rief Elliot und spuckte den ersten Löffel voll gleich wieder über den Tisch.

»Ich hätte einen Schirm mitbringen sollen«, witzelte ich.

»Elliot, was sind das denn für Tischmanieren!«, schalt Mum.

»Aber das ist ekel-«, fing er an.

»Kein Wort mehr«, unterbrach Mum nachdrücklich.

»Ich habe den Geschmack wohl nicht ganz hinbekommen«, sagte Dad.

»Welchen Geschmack?«, raunte ich Elliot zu. Es schmeckte nach nichts außer alten Socken.

»Esst auf, Jungs«, sagte Mum. »Davon wird man wunderbar satt.«

Elliot flüsterte mir zu: »Ich würde lieber meine eigenen Nasenpopel essen als noch einen Löffel von Dads Eintopf.«

»Weißt du was«, flüsterte ich zurück. »Ich glaube, ich würde auch lieber deine Nasenpopel essen.«

19.15 Uhr

»Ich würde Dad feuern«, hat Elliot gerade zu mir gesagt.

»Nach nur einem Tag?«

»Ja, er taugt nichts. Ich wusste es schon im Voraus. Väter eignen sich nicht als Mütter.«

Rauch am Morgen

19.35 Uhr

Ich habe unendlich lange – ganze zwanzig Minuten – versucht, meinen Geschichtsaufsatz zu schreiben. Aber jetzt tun mir der Arm und das Hirn weh. Aus Gesundheitsgründen musste ich damit aufhören.

Das Dumme dabei ist, dass ich mit dem Aufsatz bereits zu spät dran bin. Noch blöder ist, dass mein Geschichtslehrer, Mr Beach, auch der Konrektor ist. Wir nennen ihn Godzilla, denn er ist furchterregender als ein Tyrannosaurus Rex.

Als ich ihm heute behutsam beizubringen versuchte, wieso ich meinen Geschichtsaufsatz möglicherweise ein kleines bisschen später abgebe, hat er sofort wie eine tollwütige Bulldogge die Zähne gefletscht und mich angefahren: »Ich möchte deinen Aufsatz gleich am Dienstagmorgen bekommen, und ich hoffe in deinem eigenen Interesse, dass er gut ist.«

Was das betrifft, mache ich mir keine großen Hoffnungen. Er wird nicht gut sein. Nicht einmal mittelmäßig. Aber das ist nicht meine Schuld, denn ich bemühe mich wirklich, in seinen Stunden aufzupassen. Aber die Stimme von Godzilla bewirkt immer augenblicklich, dass mir die Ohren einschlafen.

Die gute Nachricht ist: Immerhin habe ich ganze zwölf Zeilen geschrieben. Die schlechte Nachricht: Das ist bereits der komplette Aufsatz. Aber es heißt ja immer, man soll nicht sein ganzes Pulver verschießen. Und vielleicht ist der Aufsatz besser geworden, als ich meine.

19.40 Uhr

Nein, das glaube ich auch nicht.

19.41 Uhr

Es gibt da etwas, das du über mich und die Schule wissen solltest.

Wir sind nicht füreinander geschaffen.

Ich habe die Schule nie gemocht und nie hineingepasst. Den ganzen Tag muss ich mich mit Lehrern herumärgern. Wenn du einen von ihnen fragen würdest, was er von mir hält, kann ich dir die Antwort sagen: »Luis ist lächerlich unterbelichtet und hochgradig faul.«

Aber das bin ich nicht, jedenfalls nicht faul, denn ich pauke an jedem einzelnen Abend viele Stunden lang. Allerdings für ein Fach, das in der Schule nicht unterrichtet wird: Comedy.

Im Erzählen von Witzen bin ich so gut, wie ich in allen Schulfächern schlecht bin.

Darum ist mein Traum, mein einziges großes Lebensziel, Komiker zu werden. Aber zunächst muss ich entdeckt werden. Dafür braucht man einen Agenten.

Nun, ich habe einen, oder vielmehr: eine Agentin.

Maddy geht auf eine andere Schule als ich. Wir haben uns in einem Theaterkurs kennengelernt, da sie unheimlich gern schauspielert. Leider bekommt sie jedes Mal, wenn sie eine Bühne betritt, so unerträgliches Lampenfieber, dass sie ihren Traum, eine weltberühmte Schauspielerin zu werden, an den Nagel hängen musste. Stattdessen hat sie beschlossen, Agentin zu werden.

Ich bin ihr erster Klient, und sie hat mir geholfen, im Fernsehen in einer Talentshow aufzutreten, die *Kids mit Biss* heißt. Sie läuft auf einem Satellitensender, darum hast du sie vielleicht noch nicht gesehen. Aber du kannst mir glauben, dass sie großartig ist.

Jede Woche treten zwölf Talente gegeneinander an, und die Zuschauer stimmen ab, wer gewinnt. Die Gewinner treten dann alle im Finale an. Der Teilnehmer, der das Finale gewinnt, bekommt eine eigene halbstündige Weihnachtssendung.

Ich trat auf und erzählte Witze. Ich wünschte mir so sehr zu gewinnen.

Ich wurde Zweiter. Ein Papagei räumte den Sieg ab. Ich weiß, es ist unendlich peinlich. Ich war am Boden zerstört, bis die Redaktion beschloss, dass einer der Zweitplatzierten ebenfalls im Finale auftreten durfte.

Und sie entschieden sich für – mich.

Bald werden sie anrufen und mir sagen, wann das Finale stattfindet, und dann … nun, Maddy ist felsenfest davon überzeugt, dass ich diesmal eindeutig als Sieger hervorgehen werde. Das bedeutet, dass ich meine eigene Weihnachtssendung bekomme. Und danach werde ich überhaupt keine Zeit mehr für die Schule haben. Ich werde viel zu sehr damit beschäftigt sein, die Welt zu bereisen und Menschen zum Lachen zu bringen. Ich werde das glamouröse Leben eines internationalen Jetsetters führen.

20.10 Uhr

Ich habe dir noch gar nicht verraten, dass Maddy nicht nur meine Agentin ist, sondern inzwischen auch meine feste Freundin. Wir hatten noch kein offizielles Date. Auf so etwas muss man vorsichtig hinarbeiten, nicht wahr?

Aber ich denke, allmählich wird es Zeit, das in Angriff zu nehmen.

20.25 Uhr

Ich habe gerade Maddy angerufen. Sofort rief sie aufgeregt: »Hat *Kids mit Biss* sich gemeldet?«

»Nein, noch nicht, aber ich rufe an, weil ich wissen wollte, ob du Lust hättest, mit mir« – an dieser Stelle senkte ich die Stimme, ohne zu wissen, warum – »auf unser erstes Date zu gehen.«

Da klang sie gleich ein wenig nervös. »Nun, äh, an welchen Tag hast du gedacht?«

»Ich habe meinen Terminkalender für dich leer gefegt«, sagte ich. (Das habe ich mal in einer Fernsehsendung gehört und fand es ziemlich cool.) »Nenne einfach eine Zeit und einen Ort und ich werde da sein. Höchstpersönlich.« Ich klang irre entspannt, aber in Wirklichkeit schlug mein Herz in einem irgendwie seltsamen Rhythmus.

»Wie wäre es mit Freitagabend?«, schlug sie vor.

»Schon notiert. Wollen wir ins *Luigi* gehen?«

»Nur, wenn jeder für sich bezahlt, denn es ist ein teurer Schuppen.«

»Wenn ich ein Mädchen ausführe, spielt Geld keine Rolle, Maddy.« Klang das nicht weltmännisch? Und um jeden Zweifel auszuräumen, fügte ich hinzu: »Also zahle ich für dich ebenfalls.«

Nachdem ich aufgelegt hatte, schlug mein Herz immer noch wie verrückt. Jetzt geht es ums Ganze.

Dienstag, 19. November

7.25 Uhr

Ich wurde von Elliot geweckt, der in mein Zimmer gestürmt kam und »Feuer! Feuer! Wie klasse ist das denn!« kreischte.

»Wovon redest du?«, fing ich an. Dann hörte ich den Rauchmelder aus dem unteren Stockwerk wie verrückt piepen und sprang aus dem Bett.

Auf dem Treppenabsatz gesellte sich Mum mit trüben Augen zu uns. »Was ist los und wo ist euer Vater?«

In dem Augenblick kam Dad aus der Küche gestürmt. »Hey, Leute«, rief er zu uns hoch. »Tut mir leid, dass ich euch geweckt habe. Kein Grund zur Aufregung.«

»Und warum ist dann der Feueralarm losgegangen?«, wollte Elliot wissen.

»Nur ein winziger Unfall. Ich dachte, ich überrasche euch zum Frühstück mit warmen Croissants, aber ich habe sie in den Toaster gesteckt …«

»Oh, Dad«, seufzte Elliot.

»Was für eine reizende Idee«, trällerte Mum, während der Rauch die Treppe hochwaberte. »Und es ist ja nichts passiert.«

Nachdem Dad wieder in die Küche geeilt war, murmelte Elliot: »Ich hasse Croissants und –«

»Sag so etwas nicht«, unterbrach ihn Mum. »Das ist für euren Dad alles nicht so einfach.«

»Für uns auch nicht«, sagte Elliot. »Wir müssen schließlich alles essen, was er kocht.« Elliot stapfte die Stufen runter. Kurz darauf rief er: »Mum, wir haben keine Milch mehr.«

»Das ist nicht Mums Problem!«, rief Dad. »Ich kümmere mich drum«, fügte er hinzu und eilte aus dem Haus.

9.00 Uhr

Godzilla bewegt sich wie ein Panther. Damit meine ich nicht, dass er auf allen vieren läuft (das würde ich nur zu gerne sehen), sondern dass du ihn erst bemerkst, wenn sein heißer Atem deinen Nacken streift.

Ich war gerade mal eine millionstel Sekunde in der Schule, als ich einen heißen Windstoß abbekam. Ich fuhr herum. Und da stand Godzilla und blitzte mich an.

»Ich hoffe, du hast deinen Aufsatz dabei«, knurrte er.

Ich kramte in meiner Tasche herum und holte mein Geschichtsheft raus. »Es steht alles da drin«, sagte ich. Um die Stimmung etwas aufzulockern, fügte ich hinzu: »Viel Spaß damit.«

Nicht die Spur eines Lächelns als Erwiderung. Mit meinem Heft unter dem Arm glitt er lautlos davon.

9.05 Uhr

Weißt du, was ich mir wünsche? Dass wir in der Schule immer noch Bilder ausmalen würden. Darin war ich unglaublich gut. Aber ich schätze, dass ich zu früh den Gipfel meiner Schaffenskraft erreicht habe, darum scheitere ich jetzt an allem anderen. Immerhin muss sich keiner Sorgen machen, er könnte Klassenschlechtester werden, solange ich in der Nähe bin.

15.20 Uhr

In der letzten Schulstunde – einer Doppelstunde Mathe – kam heute die Schulsekretärin hereingerauscht. Sie hält sich für entsetzlich wichtig und stolziert immer mit hoch erhobener Nase herum. Jedenfalls flüsterte sie dem Lehrer etwas zu. Ich hoffte, die Wasserrohre wären verstopft und die Schule müsste für einen Monat geschlossen werden.

Doch stattdessen verkündete der Lehrer, dass Godzilla (so nannte er ihn natürlich nicht) mich auf der Stelle sprechen wollte. Als ich ging, raunten die anderen: »Uh, da kriegt wohl einer mächtig Ärger, was?«

Offensichtlich hatte Godzilla meinen Geschichtsaufsatz gelesen. (Nun ja, allzu lang konnte er dafür ja nicht gebraucht haben.) Aber hätte er nicht einfach, wie jeder halbwegs normale Lehrer, eine fiese Bemerkung darunterschreiben können? Warum musste er sich die Mühe machen, mit mir zu reden?

Die Sekretärin eskortierte mich in Godzillas Höhle und stöckelte eilig davon. Ich klopfte an seine Tür. Ich hörte nichts. Aber er ist uralt und wahrscheinlich schon halb taub, also klopfte ich noch mal etwas lauter, dann mehrmals hintereinander. Das musste er gehört haben.

Hatte er auch. Die Tür wurde so heftig aufgestoßen, dass sie fast aus den Angeln flog. Und da stand er und versengte mich mit seinem Feueratem. »Was in aller Welt soll das?«

Was war denn das für eine blöde Frage? Doch ich erklärte mit Engelsgeduld: »Ich klopfe an Ihre Tür, weil Sie mit mir sprechen wollten. Aber wenn Sie es sich anders überlegt haben, kann ich auch wieder gehen«, fügte ich eifrig hinzu. »Und ich wäre auch gar nicht gekränkt.«

»Ich werde es dich wissen lassen, wenn ich dich sehen will«, sagte Godzilla. Aber er hatte es mich doch gerade wissen lassen! »Bis dahin wartest du vor meinem Büro darauf, dass ich dich hereinrufe.«

Ich werde also gerüffelt, weil ich gekommen bin, um mit ihm zu sprechen – nachdem er mich hat rufen lassen. Ich kann dir sagen, alle Erwachsenen spinnen total.

15.35 Uhr

Es hat zum Unterrichtsende geläutet. Ich dürfte jetzt heimgehen. Meine Zeit sollte jetzt mir gehören.

15.45 Uhr

Ja, ich hänge immer noch vor Godzillas Büro herum. Ich hasse es, warten zu müssen. Um uns etwas aufzumuntern, erzähle ich dir einen Witz.

»Wie war denn Ihr Urlaub«, fragt die Nachbarin.
»Entsetzlich. Es hat die ganze Zeit geregnet.«
»Aber Sie sind doch total braun geworden.«
»Das ist Rost.«

Der ist klasse, oder? Willst du noch einen hören? Oh, schade, keine Zeit dafür, denn Godzilla hat gerade durch die geschlossene Tür gerufen: »Du kannst jetzt reinkommen.«

Ich habe das grässliche Gefühl, dass mich da nichts Gutes erwartet.

Ein Drohbrief

16.25 Uhr

Wie vermutet: absolut nichts Gutes!

Godzilla sparte sich die Begrüßung und bot mir auch keinen Platz an. Was für grässliche Manieren, hm? Er fuhr mich nur an: »Wenn ich auf Anklopfen nicht sofort reagiere, habe ich dafür einen Grund. Na, was könnte das für einer sein?«

»Sie haben ein Nickerchen gemacht.«

Falsche Antwort.

»Der Grund ist, dass ich ein Telefongespräch geführt habe.« Fand ich völlig in Ordnung. Aber er spielte sich auf, als wäre ich scharf darauf gewesen, ihn zu sprechen, und als ob er mir damit einen Riesengefallen täte.

Er stand auf – ein Hüne mit dicker Brille, rabenschwarzen Augenbrauen, aus dem Ohren sprießenden Haarbüscheln und einem fleckigen, senffarbenen Bart, in dem wie üblich noch sein halbes Mittagessen hing.

»Was meinst du wohl, welche Note du für deinen Aufsatz

bekommen hast?« Er beugte sich über mich, während ich um eine Antwort rang.

»Vielleicht nicht die beste, da er ein wenig kurz geraten ist. Aber ich weiß ja, wie beschäftigt Sie sind«, fügte ich verzweifelt hinzu. »Darum dachte ich, ich fasse mich kurz. Hauptsache, es ist gut.«

»Gut?«, wetterte er. Ein Stückchen Ei fiel aus seinem Bart und landete auf meinem Kopf. »Es war niederschmetternd. Aber da du ja bald entdeckt wirst, spielt es keine Rolle. Es tut mir leid, dass ich so viel von deiner wertvollen Zeit in Anspruch genommen habe.«

NEIN, DAS HAT ER NICHT GESAGT. Jedenfalls nicht die letzten beiden Sätze. Aber ich wünsche mir so sehr, er hätte es getan. Stattdessen langweilte er mich in Grund und Boden mit einem Vortrag darüber, dass ich ein »Faulenzer und Störenfried« geworden sei, aber dass er wild entschlossen wäre, aus mir einen Musterschüler zu machen. Das Schlimmste war jedoch, dass er mir einen persönlichen und vertraulichen Brief überreichte und sagte, er sei nur für meine Eltern bestimmt.

Natürlich las ich ihn, kaum dass ich einen Fuß aus der Schule gesetzt hatte. Danach war ich eher verletzt als wütend.

Godzilla ließ mich dastehen wie der schlimmste Unruhestifter der Welt. Und das bin ich ja nun wirklich nicht. Es ist eher so: Die Komikerin Joan Rivers hat mal gesagt: »Jedes Mal, wenn du jemanden zum Lachen bringst, schenkst du ihm einen kleinen Urlaub.« Und das ist alles, was ich will. Ich möchte allen einen kleinen Urlaub vom grauen Schulalltag schenken. Das ist doch nicht falsch, oder? Danke, dass du meiner Meinung bist.

Auf jeden Fall endete der Brief damit, dass Godzilla mit meinen Eltern eine Unterhaltung über meine Zukunft führen will, und ob sie so nett wären, mit dem Sekretariat einen Termin auszumachen, an dem sie vorbeischauen können.

Was sollte ich nur tun?

Ich rief sofort Maddy an.

Sie fragte gleich: »Wenn deine Eltern den Brief lesen, werden sie dann so sauer sein, dass sie dir deinen Auftritt ver-?«

»Nein, beende den Satz gar nicht erst«, unterbrach ich sie.

In der Stille, die folgte, wurde uns das ganze Ausmaß des Schreckens bewusst. Wenn meine Eltern mir verboten, in *Kids mit Biss* aufzutreten, bekam ich vielleicht nie wieder eine Chance und würde für immer ein unentdeckter Kultkomiker bleiben.

»Ich habe beschlossen, dass ich meinen Eltern nicht zumuten werde, diesen Brief lesen zu müssen«, sagte ich. »Sie würden sich nur aufregen. Ich tue es aus reiner Nächstenliebe.«

»Wirklich sehr nobel von dir«, fand Maddy.

»Aber werde ich damit durchkommen?«, fragte ich.

Schon nach wenigen Sekunden – sie ist wirklich ein brillanter Geist – sagte Maddy: »Der Brief an deine Eltern war sehr vertraulich, sonst hätten die in der Schule eine E-Mail geschrieben. Das werden sie auch jetzt nicht tun, außer …«

»Ja?«

»Außer, sie bekommen keine Antwort. Dann könnte es sein, dass sie deine Eltern anmailen und fragen, ob sie den Brief gelesen haben.«

»Die Schule sollte also schnellstmöglich eine Antwort erhalten«, sagte ich.

»Ich bin schon dabei, eine zu verfassen«, sagte Maddy.

Um Gehirntransplantation wird dringend gebeten

19.00 Uhr

»Heute Abend gibt es ein leichtes, gesundes Essen«, verkündete Dad stolz und servierte Rührei, das eher wie verwässerte Vanillesauce aussah.

»Das kann man ja nur mit dem Löffel essen«, rief Elliot.

»Das macht doch nichts«, sagte Mum forsch und ergänzte leise an Dad gewandt: »Du hast zu viel Milch reingetan, das ist alles. Das passiert mir auch ständig.«

Im Rührei schwammen angebrannte Pilze und Pommes. Dad knallte noch eine Schale welken Salat auf den Tisch. Als Nachspeise gab es ekliges altes klein geschnittenes Obst.

»Wie wäre es, wenn wir uns morgen etwas bestellen?«, fragte Elliot hoffnungsvoll.

20.30 Uhr

Maddy ist gerade mit dem Brief an Godzilla vorbeigekommen.

Wir fanden, dass es zu riskant wäre, ihn bei mir daheim zu besprechen. Also unternahmen wir einen kleinen Spaziergang.

Mit großer Geste präsentierte sie ihren Entwurf.

Und das stand drin:

Sehr geehrter Mr Beach,

vielen Dank für Ihre jüngste Mitteilung. Ihre Anmerkungen wurden zur Kenntnis genommen und gründlich überdacht.

Es tut mir leid, Ihnen mitteilen zu müssen, dass ich kürzlich meinen Arbeitsplatz verloren habe. Ich bin darüber so deprimiert, dass ich das Haus überhaupt nicht mehr verlasse. Meine Frau ist berufstätig und den ganzen Tag fort. Wenn sie heimkommt, ist sie äußerst erschöpft. Daher wird keiner von uns in der Lage sein, Sie aufzusuchen.

Ich bin zuversichtlich, dass Luis sich bald einleben wird. Seien Sie versichert, dass wir mit ihm immer über die aktuellen Ereignisse der Weltpolitik sprechen.

Wir wünschen Ihnen weiterhin beruflichen Erfolg.

Mit untertänigen Grüßen
Marlon (der Vater von Luis)

Nachdem ich ihn durchgelesen hatte, stieß ich einen lang gezogenen anerkennenden Pfiff aus.

»Dieser Brief ... er ist genial.«

»So weit würde ich nicht gehen«, begann Maddy bescheiden.

»Doch, wirklich. Dass Dad nicht mehr aus dem Haus gehen kann ...«

»Gefällt dir die Stelle?« Sie lächelte mich hoffnungsvoll an.

»Verteufelt schlau«, sagte ich. »Godzilla wird in seinen Bart schluchzen, wenn er fertig gelesen hat. Ich werde ihm den Brief gleich morgen früh voller Stolz überreichen.« Dann fügte ich hinzu: »Ich habe für Freitag einen Tisch bei *Luigi* gebucht. Unser Date steht also.«

»Unser allererstes«, sagte Maddy leise.

Plötzlich sah sie mich an. Ich glaube, sie hat darauf gewartet, dass ich noch etwas sage. Aber was? Schließlich meinte ich: »Und stopf dich ruhig ordentlich mit Essen voll. Wenn dir die Nudelsauce vom Kinn tropft, dann mach dir keine Gedanken und lass sie einfach tropfen.«

Ich bin sicher, das war es, was sie hören wollte.

Mittwoch, 20. November

12.40 Uhr

Noch vor Unterrichtsbeginn habe ich Godzillas Sekretärin »Dads« Brief ausgehändigt. Damit wäre ein Problem erledigt, dachte ich. Darum traf es mich wie ein Keulenschlag, als Godzilla mich am Anfang der Mittagspause zu sich beorderte.

Meine Klassenkameraden flippten aus. »Uuuh, da wird wohl jemand suspendiert, was?«, krähte ein Junge aufgekratzt, während ein anderer mir ins Ohr zischte: »Es heißt, wenn Godzilla richtig wütend wird, dann verdunkeln sich seine Augen, bis sie schwarz sind. Sag mir hinterher, ob da was dran ist.«

Ich gab mich souverän. »Der Mann unterhält sich gern mit mir. Was soll ich machen?« Doch innerlich bebte ich. Ich hatte ihn doch gestern erst gesprochen. Was wollte er jetzt schon wieder?

13.05 Uhr

Diesmal sagte Godzilla »Herein«, kaum dass ich angeklopft hatte, und bot mir sogar freundlich einen Platz an. Seltsam, dachte ich.

Es wurde noch seltsamer.

Zuerst saß er nur da und starrte mich an. Sein Gesicht war so verzerrt, dass ich befürchtete, er hätte eine Art Schlaganfall. Ich hoffte es sogar, denn dann hätte ich mich aus dem Staub machen können. Aber schließlich wurde mir klar, dass er versuchte, mich anzulächeln.

Er sagte: »Ich habe den … äh … äh … interessanten Brief von deinem Vater gelesen.«

Beinahe hätte ich gerufen: »Ja, der war klasse, oder?«

»Dein Vater hat mich wissen lassen, dass er momentan arbeitslos ist.«

»Oh, hat er das erwähnt, ja?« Ich machte ein überraschtes Gesicht, weil ich es für passend hielt. »Er erzählt es nicht vielen. Aber ja, er hat im Vertrieb gearbeitet und jetzt nicht mehr. Es passierte quasi über Nacht.«

»Ach wirklich?« Godzilla lehnte sich vor. »Dann muss es ja ein großer Schock für ihn gewesen sein.«

»Gewaltig«, pflichtete ich ihm bei. »Absolut überwältigend«, betonte ich.

»Außerdem teilt er mir mit«, Godzilla senkte die Stimme, »dass er kaum noch das Haus verlässt.«

»Nein, seit Wochen schon nicht. Das letzte Mal, als er aus dem Haus gegangen ist …« Ich stieß einen langen Seufzer aus.

»Was ist da passiert?«, fragte Godzilla, ganz Ohr.

»Da hat er sich ein Tattoo stechen lassen.«

Godzilla keuchte.

»Ich habe es bis jetzt nicht sehen dürfen. Ich darf nicht mal wissen, wo er es hat. Aber Mum war außer sich. Und seitdem geht Dad nicht mehr vor die Tür.«

Godzilla zupfte nachdenklich an seinem Bart. Er war von dem ganzen Mist, den ich ihm erzählte, total fasziniert.

Also machte ich weiter. »Dad hat gute und schlechte Tage. Mum sagt, dass er eine schwierige Phase durchlebt und dass wir ihm einfach so gut wie möglich helfen müssen.«

»Ja, das müsst ihr bestimmt.«

Ich lächelte tapfer. »Ich versuche mein Bestes.«

»Aber du darfst deine Hausaufgaben dabei nicht vernachlässigen.«

»Oh, darf ich nicht? Ich meine, nein, selbstverständlich nicht.«

»Darum werde ich von jetzt an ein besonderes Auge auf dich haben.«

Das ging jetzt in die falsche Richtung.

»Zunächst in meinem Fach«, fuhr er fort. »Ich möchte, dass du dir große Mühe mit dem Aufsatz gibst, den ich deiner Klasse aufgegeben habe. Das Thema ist *Ökonomische Verände-*

rungen während der letzten Jahre der Regentschaft von Königin Elizabeth I«.

Ich notierte den Titel, während ich krampfhaft versuchte, wach zu bleiben.

»Er ist am Freitag fällig. Ich möchte, dass du ihn mir vor der ersten Stunde bringst, und ich werde ihn persönlich mit dir durchgehen.«

»Oh, ich möchte nicht, dass Sie sich all diese Umstände ...«, fing ich an.

Da unterbrach mich ein lautes, trompetenartig dröhnendes Niesen von Godzilla. Danach glitzerten kleine Rotztröpfchen in seinem Bart. »Das sind keine Umstände«, blubberte er durch sein braunes Taschentuch. »Du brauchst Hilfe und Unterstützung, also bekommst du sie von mir.«

Ich machte mich auf den Weg zur Tür.

»Und ich werde deinen Vater anrufen.«

Ich hielt inne. Mir stockte fast der Atem.

»Oh, er geht nie ans Telefon«, sagte ich rasch. »Er sitzt nur da und grübelt – und manchmal schaukelt er vor und zurück. Mum sagt, wir dürfen ihn beim Schaukeln und Singen nicht stören. Manchmal singt er stundenlang vor sich hin.«

»Ja wirklich?« Godzilla versank einen Augenblick in Gedanken. Dann verzerrte sich sein Gesicht wieder. »Keine Sorge, Luis. Ich verstehe, wie schwer die Situation für dich gerade ist. Aber ich werde dir helfen.«

Jetzt muss ich also einen Aufsatz über etwas Todlangweiliges schreiben, von dem ich keinen blassen Schimmer habe, und dann auch noch danebenstehen, während Godzilla ihn liest.

Was mache ich bloß?

13.10 Uhr

Mir bleibt nur ein Ausweg. Ich brauche schleunigst eine Gehirntransplantation.

Ein Geistesblitz

17.20 Uhr

Ich hatte noch nicht mal den Hausschlüssel ins Schloss gesteckt, als Dad ums Haus herum aus dem Garten gehechtet kam.

»Ich habe die Mülltonnen mit dem Gartenschlauch abgespritzt.«

»Du lässt es echt krachen, was?«

»Kaum zu glauben, wie dreckig die waren.«

»Das bezweifle ich nicht«, sagte ich und brachte einen größeren Abstand zwischen uns. »Du musst mir unbedingt alles darüber erzählen, irgendwann in einer langen Winternacht.«

»Elliot beginnt heute Abend mit dem Proben für *Oliver Twist*«, fuhr Dad fort.

»Oh ja, er spielt Artful Dodger. Das nenne ich eine gelungene Besetzung.«

Dad lachte und sagte: »Mum hat gesagt, sie kann ihn nach jeder Probe abholen.«

Darüber würde Elliot sicher froh sein. Er hat mir gesagt, dass er immer am liebsten an Dad vorbeispazieren würde, wenn der ihn von der Schule abholt und zwischen den ganzen Müttern schrecklich unbehaglich und peinlich berührt wirkt.

Ich sah mich in der Küche um. Nein, Dad hatte mir keinen Snack vorbereitet, wie Mum es getan hätte. Er war ein miserabler Hausmann. Ich war natürlich viel zu erschöpft, um mir selbst etwas zu machen.

Dann verkündete Dad: »Ich finde, wir könnten einen netten Abend miteinander verbringen.«

Starr vor Entsetzen sah ich ihn an. Dad wusste doch sicher, dass es tausend Dinge gab, die ich jetzt tun sollte, und nichts davon beinhaltete, dass ich mich mit ihm abgab.

»Darauf habe ich mich schon den ganzen Tag gefreut«, fuhr Dad eifrig fort. »Du und ich hängen zusammen ab.« Dass jemand so scharf darauf ist, Zeit mit mir zu verbringen, hat echten Seltenheitswert, also dachte ich, was soll's, ich kann fünf Minuten für Dad abzwacken, auch wenn mein Terminplan nach der Schule immer gestopft voll ist und ich noch nicht mal dazugekommen war, Facebook zu checken. Aber aus den fünf Minuten wurden zwanzig und schließlich eine komplette Stunde meiner wertvollen Freizeit.

Mir war schon klar, dass Dad den ganzen Tag allein gewesen war. Aber mal ehrlich, selbst Robinson Crusoe wäre nach seiner Rettung nicht so eine Labertasche gewesen. Und dann fragte Dad: »Was hältst du davon, wenn wir deine Mum überraschen?«

»Du meinst, hinter dem Sofa vorspringen und sie erschrecken, wenn sie reinkommt?«

»Nein«, sagte Dad. »Wie wäre es, wenn wir den Esstisch mal gründlich schrubben?«

Er hatte »WIR« gesagt. Und dabei war ich doch gerade erst aus der Schule gekommen. Das war ein klarer Fall von Kinderarbeit. Mir blieb erst mal die Spucke weg und ich konnte ihn nur anstarren.

Dann schlug ich verzweifelt vor: »Oder wir überraschen sie mit einem guten Witz.«

Aber es war zu spät. Dad füllte bereits Wasser und Spülmittel in eine Schale und reichte mir einen Schwamm.

Das Erstaunlichste daran war, wie aufregend Dad es fand, etwas so grenzenlos Langweiliges zu tun. Manchmal befürchte ich, dass meine Eltern mir auf ewige Zeiten ein Rätsel bleiben werden.

»Wir müssen uns ranhalten«, sagte Dad. »Deine Mum könnte jeden Moment heimkommen.«

Wir waren beide noch kräftig am Schrubben, als wir einen – ja, ich schätze, es war ein Aufschrei – hörten. Dann jammerte Mum: »Ihr zerkratzt ja den ganzen Lack, wenn ihr den Tisch so putzt. Hört sofort damit auf!«

Wir ließen es bleiben, und ich raunte Dad zu: »Es wäre *doch* besser gewesen, Mum mit einem guten Witz zu überraschen.«

17.43 Uhr

Mum war ganz aus dem Häuschen über den Küchenboden. Dad muss ihn heute geputzt haben oder so. Zu mir sagte sie: »Hat dein Vater das nicht toll gemacht?« Ich glaube, sie wollte wiedergutmachen, dass sie vorhin so wütend auf ihn gewesen war.

Dad sagte zu ihr: »Ich habe wirklich Spaß an all diesen stumpfsinnigen Beschäftigungen. Sie sind so beruhigend und helfen mir, meine Akkus aufzuladen.« Mum hat ihm daraufhin einen seltsamen Blick zugeworfen.

19.10 Uhr
Maddy hat mir haufenweise Informationen über Elizabeth I. geschickt. Es kann ja wohl nicht so schwer sein, einen Aufsatz über sie zu schreiben?

19.25 Uhr
Verteufelt schwer.

19.45 Uhr
Meine Entschuldigung für Godzilla, warum ich meinen Geschichtsaufsatz nicht einreichen kann:

Aliens (die mir nicht verraten haben, von welchem Planeten sie stammen) haben sich meinen Aufsatz geliehen, damit sie erforschen können, wie der menschliche Geist arbeitet. Sie haben mir auch nicht gesagt, wann ich ihn wiederbekomme, es kann aber eine Weile dauern.

19.52 Uhr
Ich mag diese Entschuldigung, weil sie originell ist. Aber wird Godzilla sie schlucken?

19.53 Uhr
Nie im Leben.

19.55 Uhr

Aber ich kann da jetzt einfach nicht noch mehr drüber nachdenken, denn ich muss meine Nummer zusammenstellen. Schließlich könnte jeden Augenblick die Redaktion *von Kids mit Biss* anrufen. Ich muss vorbereitet sein. Darum füge ich jeden Abend meiner Sammlung weitere Witze hinzu, anschließend studiere ich eine DVD – derzeit ist es die dritte Staffel von *The Big Bang Theory* – und vor dem Einschlafen lese ich in einem lustigen Buch. Zurzeit ist es wieder ein Roman über Jeeves und Wooster, *Das höchste der Gefühle* von P.G. Wodehouse.

Ich kann diese Art der Abendgestaltung allen nur wärmstens empfehlen, denn die Welt der Comedy ist ein magischer Zufluchtsort. Idealerweise sollte es im echten Leben auch so zugehen.

Donnerstag, 21. November

17.40 Uhr

Ich hatte gerade einen genialen Einfall.

Zunächst mal solltest du wissen, dass meine Mum eine sehr strenge Einstellung zu Hausaufgaben hat. Sie erzählt mir immer diesen Quatsch, dass ich nichts dabei lerne, wenn sie sie für mich macht. Darum hat sie nie auch nur eine einzige Rechenaufgabe für mich gelöst oder den kleinsten Satz geschrieben. Das ist ein klarer Fall von Kindesvernachlässigung. Aber als ich heimkam, war Mum nicht da und wollte die Atmosphäre nicht mit ihren Ansichten verpesten.

Darum kam mir die Idee, Dad beiläufig zu fragen, ob er irgendwas über Elizabeth I. wüsste, da ich leider keinen Schimmer über sie hatte und morgen höchstpersönlich einen Aufsatz an Godzilla überreichen musste, der mich voll auf dem Kieker hatte. An dieser Stelle schluckte ich.

Dad sah mich an. »Ich war in Geschichte ziemlich gut, hab da sogar mal einen Preis bekommen.«

»Hey, Dad, das wusste ich ja gar nicht.«

»Aber ich glaube nicht, dass ich deinen Geschichtsaufsatz für dich schreiben kann.«

Ich tat so, als würde mich der bloße Gedanke schockieren. »Natürlich nicht, und ich würde dich niemals darum bitten, obwohl es dieses uralte Gesetz gibt: Wenn du deine Hausaufgaben nicht machen kannst, dann bitte deine Eltern, sie für dich zu erledigen. Wie wäre es, wenn du mir einfach hilfst, in den Text reinzukommen?« Ich schluckte erneut.

Ich hätte mir das ganze Getue sparen können, denn Dad hatte schon angefangen, die Fragestellung zu lesen, um zu sehen, ob er immer noch so ein Ass in Geschichte war.

Ich überreichte ihm alles, was Maddy für mich im Internet zusammengesucht hatte. Dad las es sich genau durch, dann setzte er sich an den Küchentisch und begann zu schreiben. Doch schon nach ein paar Minuten zerriss er alles. »Nicht gut genug«, murmelte er.

»Du schaffst es, Dad, ich habe vollstes Vertrauen in dich«, ermutigte ich ihn.

Dad hatte Blut geleckt. Den zweiten Anlauf brach er nicht ab. Sein Stift flog nur so über die Seite. Und als Dad schließlich aufhörte, entschuldigte er sich: »Ich fürchte, ich habe den ganzen Aufsatz für dich geschrieben.«

»Macht nichts«, sagte ich. »Dein Enthusiasmus gefällt mir.«

Ich begann zu lesen. Ich verstand kein einziges Wort, also musste es gut sein. »Das ist klasse, Dad.«

»Ich bin ein bisschen aus der Übung.«

»Überhaupt nicht, es ist toll geworden.«

»Weißt du was?«, sagte Dad. »Es hat mir richtig gutgetan, mich mal wieder an einem Geschichtsaufsatz zu versuchen.«

Und mir hatte es gutgetan, ihm dabei zuzusehen, wie er meine Hausaufgabe machte. So waren wir alle hochzufrieden.

Ich schätze, dass Dad bis vor Kurzem ein sorgloses Leben geführt hat, bei dem er jeden Tag zur Arbeit gehen durfte. Doch jetzt sitzt er daheim fest und kocht Essen, das für niemanden genießbar ist, und das muss sein Selbstvertrauen gehörig untergraben.

Meinen Geschichtsaufsatz zu verfassen, hat ihm neuen Lebensmut gegeben. Ich bin wirklich froh, dass ich ihm helfen konnte.

18.45 Uhr

In Zukunft werde ich Dad noch viel mehr helfen.

Jetzt bloß nicht in der Nase popeln!

Freitag, 22. November

9.30 Uhr

Ich freute mich direkt darauf, Godzilla meinen Geschichtsaufsatz zu geben, ich fühlte mich fast wie ein Streber. Okay, Dad hatte ihn geschrieben, aber ich hatte ihn Satz für Satz abgeschrieben, und das hat Zeit gekostet. Also war es eine Gemeinschaftsleistung, würde ich sagen.

Doch Godzilla war plötzlich viel zu beschäftigt, um mit mir zu reden. Ich konnte den Aufsatz nur seiner Sekretärin aushändigen. Ich würde so gerne Godzillas Gesicht sehen, wenn er ihn liest. Er wird von meiner akademischen Brillanz hingerissen sein.

17.00 Uhr

Es ist fast so weit.

Gleich habe ich mein erstes Date mit Maddy.

Es ist eine große Sache und doch auch wieder nicht. Ich meine, ich bin noch nie mit einem Mädchen ausgegangen, jedenfalls nicht zu einem offiziellen Date. Aber ich treffe mich ja nicht mit einer völlig Fremden. Tatsächlich kenne ich Maddy besser als jeden anderen, also sollte ich nicht aufgeregt sein.

17.02 Uhr

Und doch bin ich es.

17.52 Uhr

Ich trage heute Abend ganz normale Sachen. Ich weiß, dass Maddy es nicht wollen würde, wenn ich mich besonders in Schale werfe. Ich sprühe mich allerdings großzügig mit Deo ein, weil ich manchmal ein bisschen müffle. Nicht, dass ich mich nicht waschen würde – ich habe erst vor zwei Wochen geduscht. Nein, das liegt an diesen Teenagerhormonen, die in mir herumschwirren. Die müffeln, nicht ich.

Ich muss es mit dem Deo übertrieben haben, denn als Elliot in mein Zimmer kam, hustete er wie verrückt und rief: »Puh, wie du miefst. Lass bloß deine Zimmertür zu, sonst hast du uns alle auf dem Gewissen.«

Dann erschien Mum und schnüffelte in der Luft herum, bevor sie mich fragend ansah. Sie deutete ein Lächeln an. »Du triffst dich heute Abend mit Maddy.«

»Richtige Antwort, hundert Punkte.«

»Habt ihr etwa …?« Sie stieß ein kleines Lachen aus. »Habt ihr etwa ein Date?«

»So nennt man das wohl in der Fachsprache, Mum.«

»Warum hast du uns denn nichts davon erzählt?«, gurrte sie. »Du und Maddy … aaah.«

»Mum, wir sind keine niedlichen Tierbabys.«

»Und wohin führst du Maddy aus?«

»Ähm … ins *Luigi.*« Aus irgendeinem nervigen Grund wurde ich knallrot im Gesicht.

»Wie reizend. Das ist ein großer Augenblick in deinem –«

»Ich glaube, wir sind fertig mit dem Thema, Mum«, unterbrach ich sie.

Sie ging, und ich dachte: Gut, das wäre ausgestanden. Denn das Letzte, was ich gebrauchen kann, ist, dass eine große Sache daraus gemacht wird. Aber dann wurde ich nach unten gerufen, wo beide auf mich warteten.

»Komm und setz dich«, sagte Dad.

»Muss das sein«, murmelte ich.

»Wir freuen uns beide sehr, dass du Maddy auf eurem ersten richtigen Date ins *Luigi* eingeladen hast. Wir erinnern uns noch, was für ein bedeutender Augenblick im Leben eines Teenagers das ist.« Mum grinste Dad an. »Und da wollten wir wissen, ob du irgendwelche Fragen hast.«

»Über das *Luigi*?«, fragte ich.

»Nein«, sagte Mum etwas ungehalten. »Über …« Sie zögerte. »Über Beziehungen.«

Dad mischte sich ein: »Du kannst uns alles fragen. Ich erinnere mich noch ganz genau, wie es ist, ein wirklich heißes Mädchen auszuführen.«

Schnell presste ich mir die Hände an die Ohren. »Echt eklig. Erspar mir die Einzelheiten.«

»Dieses wirklich heiße Mädchen war natürlich deine Mutter«, sagte Dad.

»Immer noch eklig«, sagte ich bestimmt. »Aber ich lasse euch jetzt allein, damit ihr weiter in Erinnerungen schwelgen könnt. Danke für das Gespräch, es war äußerst durchschnittlich.« Ich erhob mich.

»Setz dich wieder, Luis, wir sind noch nicht fertig«, sagte Mum. »Wir haben ein paar kleine Ratschläge für dich.«

»Danke, das wird nicht nötig sein. Außerdem habt ihr sicher Besseres zu tun. Ich auf jeden Fall«, fügte ich im Flüsterton hinzu. Doch es war hoffnungslos. Sie waren nicht mehr zu bremsen.

»Wir möchten dich nur auf eine kleine Eigenart von dir hinweisen«, fuhr Mum fort. »Die solltest du vielleicht überdenken.«

»Welche kleine Eigenart?«, wollte ich wissen.

»Also, wenn wir zusammen essen gegangen sind, hast du im Restaurant immer geistesabwesend in der Nase gepopelt«, sagte Mum.

»Da war ich gerade mal zwei Wochen alt …«

»In letzter Zeit haben wir es nicht mehr beobachtet«, gab Mum zu. »Achte aber trotzdem darauf.« Sie lachte glockenhell. »Und fahr dir mit einem Kamm durch die Haare, und denk dran, das Hemd, das du tragen willst, vorher zu bügeln.«

»Mum, ich gehe nicht zu einem Vorstellungsgespräch.«

»Und putz dir die Schuhe«, redete sie unbeirrt weiter.

»Ich werde Turnschuhe tragen. Wir befinden uns nicht mehr im Viktorianischen Zeitalter.«

»Trotzdem müssen deine Schuhe sauber sein«, sagte Mum. »Immer, wenn ich einem jungen Mann zum ersten Mal begegne, schaue ich mir seine Schuhe an.«

»Mum, das ist völlig gestört.«

»Und noch ein kleiner Tipp«, sagte Dad. »Du brauchst nicht so zu brüllen.«

»Ich brülle doch gar nicht!«, brüllte ich.

»Du hast eine Stimme, die sehr gut trägt«, sagte Mum. »Also versuche lieber, etwas leiser zu sprechen. Üb es in deinem Zimmer.«

»Das ist viel romantischer«, sagte Dad.

»Und noch etwas …«, fuhr Mum fort.

Ich schloss die Augen. Nahm das denn nie ein Ende? Sie machten mich wahnsinnig.

»Rede heute Abend nicht über dich. Stell Maddy Fragen.«

»Wie heißt du und so was?«

»Frag Maddy etwas über sich«, sagte Mum.

»Aber ich weiß alles über sie.«

Mum lächelte vielsagend. »Es gibt sicher Dinge, die du nicht über sie weißt, Luis. Überleg dir, was das sein könnte.«

Dann lächelte Dad mich an. »Ich hoffe, wir konnten dir helfen.«

Na klar, Dad. Vorher war ich nur aufgeregt, jetzt bin ich ein nervliches Wrack.

18.05 Uhr

Wer ist der allerletzte Mensch, den ich sehen möchte, bevor ich mit Maddy ausgehe?

Ihr Exfreund!

Ja, Maddy hatte vor mir schon mal einen Freund. Etwa vier Minuten lang.

Edgar.

Edgar ist außerdem Maddys zweiter Klient. Er geht nicht zur

Schule und wird daheim unterrichtet, weil er Kinder seines Alters für »hoffnungslos unreif« hält. Sein liebstes Hobby ist es, grässliche Gedichte zu verfassen. Maddy tat mir leid, weil sie Zeit mit ihm verbringen musste – bis sie mir mitteilte, dass er ihr Freund sei.

Ich war total schockiert und entsetzt. Aber wie ich schon sagte, gingen sie nicht lange miteinander. Edgar machte Schluss, aber bloß, weil er wusste, dass Maddy nur an einem einzigen Jungen interessiert war – an mir.

Doch jetzt war er wieder da, vor meiner Haustür. Seine schwarzen Haare waren noch lockiger, als ich sie in Erinnerung hatte. Er ist übrigens der einzige Junge, der niemals stinkt. Er scheint Seifenduft zu schwitzen.

»Maddy war so freundlich, mir mitzuteilen«, fing er an (er redet immer, als wäre er sechsundneunzig), »dass ihr euch heute Abend im *Luigi* trefft. Sie hat es mir gesagt, weil ich sie zu mir eingeladen hatte. Ich feiere heute meinen dreizehnten Geburtstag.«

»Happy Birthday«, sagte ich. »Du siehst keinen Tag älter aus als zwölf.«

»Könntest du Maddy bitte liebe Grüße von mir ausrichten?«

»Ich werde es auf die Liste der Dinge schreiben, die ich ganz gewiss nicht machen werde«, erwiderte ich.

»Außerdem habe ich einen Rat für dich. Maddy liebt gepflegte, intelligente Konversation. Du wirst dich also auf jeden Fall darauf vorbereiten müssen.«

»Ich weiß alles über Maddy«, sagte ich ruhig.

»Das hoffe ich«, entgegnete er. »Darf ich dir eine Frage stellen?«

»Ich liebe Fragen.«

»Denkst du je darüber nach, wer du gerne sein möchtest?« Bevor ich darauf antworten konnte, fuhr er fort: »Also ich wäre jetzt gerne du. Das hätte ich nie für möglich gehalten.«

Ein Date mit der Elefantenfrau

18.24 Uhr

Dad fuhr mich zum *Luigi.* Mum winkte zum Abschied, als würde ich der Fremdenlegion beitreten. »Richte Maddy liebe Grüße von mir aus«, sagte sie. »Und später musst du uns alles erzählen.«

»Mir nicht«, sagte Elliot.

»Es kommt vielleicht in den Zehn-Uhr-Nachrichten«, sagte ich.

Zuletzt rief Mum mir noch nach: »Luis, hast du ein Taschentuch dabei?«

Ich drehte mich um. »Nein, ich putze mir die Nase einfach mit meinem Ärmel ab.« Daraufhin sah Mum so entsetzt drein, dass ich rasch hinzufügte: »War ein Witz, Mum. Ich habe sogar zwei dabei – nur für den Fall, dass Maddy ein sauberes will.«

Als ich ins Auto stieg, rief Elliot aus irgendeinem seltsamen Grund: »Küss mir die Füße und grüß deine Süße.«

Meine Familie ist komplett verrückt.

18.45 Uhr

Ich bin im *Luigi* und sitze an einem Tisch mit zwei Stühlen. Ich scheue heute Abend wirklich keine Kosten. Es ist ein nobler Schuppen mit Ledersitzen und dunkler Holztäfelung. Der Laden ist jetzt schon rammelvoll, überwiegend mit Paaren, die ein bisschen älter sind als Maddy und ich. Maddy ist noch nicht da, aber ich habe den Tisch auf sieben Uhr reserviert, also ist sie nicht zu spät dran, sondern ich bin zu früh. Inzwischen hat es zu regnen angefangen, falls es dich interessiert, was es sicher nicht tut, aber mir fällt sonst nichts ein, das ich schreiben könnte.

Ich hasse es, darauf zu warten, dass ein Date endlich losgeht.

18.50 Uhr

Ich habe mir gesagt, dass ich mich einfach nur entspannen und cool bleiben muss. Das ist das Wichtigste bei einem Date, nicht wahr? Dass man die ganze Zeit supercool drauf ist.

Ich habe mir außerdem vorgestellt, wie Maddy und ich uns küssen. Ich meine, wir haben uns schon ein paar Mal geküsst, aber eher so, wie man seine Tante an Weihnachten küsst. Heute Abend möchte ich Maddys Herz im Sturm erobern. Und nach unserem Kuss wird sie flüstern »Wow, Luis« oder einfach nur »Wow«. Ich werde so glücklich und stolz auf mich sein.

18.54 Uhr

Um mich aufzuwärmen, habe ich übungshalber meinen Handrücken geküsst. Ich möchte sicher sein, dass ich das Tempo und den Druck richtig dosiere.

18.56 Uhr
Ich habe gerade gemerkt, dass das Mädchen am Nebentisch zugesehen hat, wie ich meine Hand küsse. Ich habe sofort damit aufgehört und versucht, sie anzulächeln. Daraufhin wirkte sie erschrocken. Also habe ich auch mit dem Lächeln aufgehört.

19.02 Uhr
Maddy hat zwei Minuten Verspätung. Macht nichts. Ich schreibe eben über etwas anderes. Zum Beispiel, dass der Regen jetzt ganz schön runterprasselt. Alle Gäste, die reinkommen, schütteln sich wie nasse Hunde.

Was könnte ich dir sonst noch erzählen? Alles ist erfüllt von Essensdüften. Ich bin sicher, wenn Maddy aufkreuzt, werde ich einen Bärenhunger haben. Sie könnte jetzt jeden Augenblick erscheinen.

19.05 Uhr
Maddy hat fünf Minuten Verspätung. Sollte ich mir langsam Sorgen machen? Sie ist sonst eigentlich immer sehr pünktlich.

19.10 Uhr
Jetzt hat sie zehn Minuten Verspätung. Soll ich ihr eine SMS schreiben, um sicher zu sein, dass alles in Ordnung ist?

19.11 Uhr
Nein, das wirkt zu verzweifelt. Und ich will doch cool bleiben. Wieso vergesse ich das dauernd?

19.15 Uhr
Ich bin sicher, dass der Kellner mir gerade einen mitleidigen Blick zugeworfen hat. Er denkt, ich wäre versetzt worden.

19.16 Uhr
Dieses Mädchen vom Nebentisch schaut mich auch wieder an. Ich kann mir vorstellen, was sie später erzählt: *Am Tisch neben unserem saß so ein seltsamer Junge. Er war ganz allein und küsste seine eigene Hand!*

19.20 Uhr
Maddy hat jetzt genau zwanzig Minuten Verspätung. Was in aller Welt ist passiert? Soll ich ihr eine völlig coole SMS schreiben? Nur um sicher zu sein, dass sie überhaupt noch kommt. Tja, normalerweise könnte ich das machen, aber nicht bei einer Verabredung. Da gelten andere Regeln.

19.28 Uhr
Ende der Panik. Ich habe Maddy gesehen, was eigentlich toll wäre – wenn da nicht ihre beiden älteren Schwestern wären, die sie einrahmen wie Bodyguards. Ich schätze, daran ist nichts verkehrt, abgesehen davon, dass die drei eindringlich miteinander flüstern. Es sieht für mich so aus, als würden die zwei Maddy davon abhalten, das Weite zu suchen.

Nein, wie dumm von mir. Obwohl – Maddy sieht total unglücklich aus. Man könnte meinen, dass ihr eine fünfstündige Klassenarbeit bevorstünde anstelle eines Abends mit einem gut aussehenden, smarten Jungen. (Also mit mir, falls du dich fragst.)

Worüber flüstern sie also? Was könnte so wichtig sein?

Schließlich ziehen die Schwestern ab. ENDLICH kann dieses Date losgehen.

20.00 Uhr

Als Maddy an meinem Tisch ankam, sah sie nicht mehr so niedergeschlagen aus. Sie lächelte sogar. »Tut mir leid, dass ich mich so schrecklich verspätet habe, Luis.«

»Hast du das? Ist mir gar nicht aufgefallen«, sagte ich und fand, dass es ziemlich cool und entspannt klang. Ich lehnte mich in meinem Ledersitz zurück, um zu betonen, wie locker ich drauf war.

Sie setzte sich mir gegenüber. Ich wartete darauf, dass sie ihren Mantel auszog, doch das tat sie nicht. Sie ließ sogar die Kapuze auf, gerade so, als ob sie vorhätte, nicht lange zu bleiben.

»Geht es dir gut?«, fragte ich.

»Ja, warum?« Augenblicklich klang sie misstrauisch und schreckhaft.

»Ohne besonderen Grund. Ich habe mich nur gefragt …« Meine Stimme erstarb. Es war besser, sie nicht zu fragen, wieso sie den Mantel anbehielt. Vielleicht machten Mädchen das beim ersten Date so. Ich wünschte mir jetzt, ich hätte gründlicher recherchiert.

Danach erlebte ich zum allerersten Mal, dass Maddy und mir der Gesprächsstoff ausging. Sonst können wir stundenlang quatschen. Aber heute Abend verhielten wir uns wie Fremde, die sich zum ersten Mal begegneten.

»Haha«, sagte ich schließlich, weil ich dachte, dass man mit »Haha« nichts falsch machen kann. Darum sagte ich es noch einmal. Aber allzu lange kann man damit nicht weitermachen. Ich erinnerte mich an den Rat meiner Eltern, senkte die Stimme und sagte: »Tja, Maddy, da wären wir nun, auf unserem allerersten Date.«

»Sag das noch mal«, bat sie.

»Da wären wir nun, auf unserem allerersten Date.«

»Wie bitte?« Sie beugte sich vor.

»Ich sagte: Da wären wir nun, auf unserem allerersten Date.«

Maddy nickte. Sie erschien mir bedrückt. Und immer noch hatte sie die Kapuze auf.

Ich versuchte, so zu schmunzeln wie James Bond, und flüsterte: »Wollen wir uns mal die Speisekarte ansehen?«

»Sag das noch mal«, bat Maddy und beugte sich noch weiter vor.

Ich versuchte es noch einmal und ließ dabei erneut ein Schmunzeln à la James Bond meine Lippen umspielen. »Wollen wir uns mal die Speisekarte ansehen?«

Maddy stand auf und beugte sich direkt über mich. »Es tut mir leid, aber ich kann plötzlich kein einziges Wort mehr verstehen.«

Ich schob ihr die Speisekarte hin. »Möchtest du was essen?«, fragte ich mit meiner normalen Stimme.

»Ich bin eigentlich nicht besonders hungrig«, sagte Maddy und setzte sich wieder.

Seltsamerweise war ich das auch nicht, dabei war ich sonst ständig am Verhungern.

»Wie wäre es, wenn wir die Vorspeise überspringen?«, schlug sie vor.

»Wenn du meinst.«

Ich fühlte mich ein wenig verletzt, denn ich hatte das grässliche Gefühl, dass Maddy am liebsten auch den Hauptgang überspringen würde. Aber zu guter Letzt fand sie auf der Speisekarte doch etwas, das sie mochte: Folienkartoffel mit Käse.

»Ist das alles?«, fragte ich. »Möchtest du vielleicht ...?«

»Nein, eine Folienkartoffel wäre genau das Richtige.«

»Solange mein Dad sie nicht zubereitet.« Ich hatte Maddy alles über die kulinarischen Katastrophen meines Vaters erzählt und wir hatten gemeinsam darüber gelacht.

Der Kellner erschien. Er runzelte über Maddys Bestellung unglücklich die Stirn. »Das ist von unserer Mittagskarte.« Betrübt schüttelte er den Kopf. »Nach drei Uhr servieren wir keine Folienkartoffeln.«

»Aber wieso denn nicht?«, wollte ich wissen. »Es gibt kein Gesetz, das es verbietet, abends Folienkartoffeln zu essen. Und falls doch, dann habe ich noch nie davon gehört.«

»Nein, ist schon in Ordnung, ehrlich«, sagte Maddy und wurde knallrot im Gesicht. Schließlich bestellte sie das Gleiche wie ich – Steak mit Pommes frites.

Nachdem der Kellner weg war, sagte ich: »Was für ein Idiot! Nach drei Uhr servieren sie keine Folienkartoffeln, als gäbe es da einen seltsamen Zapfenstreich. Tut mir total leid, Maddy.«

»Du kannst ja nichts dafür.« Sie lächelte.

Für einen Moment wurden wir beide etwas lockerer. Dann lehnte sie sich zurück und nahm den Mantel und die Kapuze ab. Das musste ein gutes Zeichen sein. Mein Blick fiel auf ihre Haare.

Sie waren anders als sonst – lockig und kraus, jedenfalls zum Teil. Einige Locken hatten sich schon wieder aufgelöst. Alles in allem stand ihr dieser Look nicht besonders gut, wenn ich ehrlich bin. Aber es war mal was anderes.

Ich wollte das gerade erwähnen, als sie rief: »Ja, ich weiß, Luis.«

»Haha«, entgegnete ich. Ich wusste nicht genau, was sie wusste und was ich angeblich ebenfalls wusste.

»Ich weiß, ich sehe aus wie der Elefantenmann«, jammerte sie.

»Haha«, sagte ich erneut. »Du meinst sicher wie die Elefantenfrau.« Ich versuchte nur, ein bisschen witzig zu sein, so verrückt es mir nachträglich erscheint.

Aber Maddy drehte komplett durch. »Hast du gerade gesagt, dass ich aussehe wie die Elefantenfrau?«

»Nein, das hast du gesagt.«

»Habe ich nicht.« Sie hob die Stimme. »Ich habe gesagt, dass ich wie der Elefantenmann aussehe, woraufhin du gemeint hast, ja, ich sei potthässlich.«

»Maddy, wovon redest du? Ich habe nie gesagt, dass du potthässlich bist. Ich habe nur gesagt, dass du wie die Elefantenfrau aussiehst.« Aus irgendeinem Grund rief ich die letzten Worte so laut, dass man sie im ganzen Lokal hörte. Dabei hatte ich das überhaupt nicht so sagen wollen. Es kam mir vor, als hätte ich nur noch Watte im Kopf.

Maddy sah aus, als würde sie jeden Augenblick in Tränen ausbrechen.

Verzweifelt sagte ich: »Hör mal, ich würde nie jemanden als potthässlich bezeichnen, selbst wenn er es wäre. Und du bist es ganz bestimmt nicht.«

»Doch, bin ich«, murmelte Maddy.

»Was redest du da? Deine Haare sehen echt toll aus.«

»Nein, überhaupt nicht.«

»Doch, wirklich. Ich mag komische Frisuren.«

Prompt sah Maddy wieder wütend aus. »Willst du damit sagen, dass ich komisch aussehe?«

»Nein, nein, nun hör mir doch mal zu.« Ich fühlte mich gewaltig unter Druck gesetzt, was mir sonst fast nie passiert. »Als ich sagte, dass ich komische Frisuren mag, meinte ich Frisuren, die gute Laune machen.«

Ich musste dringend das Thema wechseln, also erinnerte ich mich an Mums Rat, Maddy ein Kompliment zu machen. »Und dein Kleid ist toll, sensationell. Ich meine, ich kann dir gar nicht sagen, wie gut es mir gefällt. Ich finde es ganz große Klasse. Nicht, dass ich es mir ausleihen möchte.« Ich lachte wie gestört.

»Du kennst das Kleid«, sagte Maddy. »Weißt du nicht mehr?«

Ich wusste im Moment kaum meinen eigenen Namen.

Da stand Maddy auf.

»Willst du etwa gehen?« Ich meinte das nur halb im Spaß.

»Ich muss bloß aufs Klo, falls du nichts dagegen hast.«

»Ja, nur zu, die Klos hier sind beeindruckend. Nicht, dass ich je auf dem Damenklo gewesen wäre, ist ja klar, aber ich habe mal durchs Fenster geschaut – ist nur Spaß.« Was für einen Unsinn faselte ich denn da? Ich hatte keine Ahnung.

Jedenfalls ist Maddy daraufhin verschwunden und noch nicht wieder zurückgekommen.

Du meinst doch nicht etwa, dass sie ausgebüxt und heimgegangen ist? Dann muss ich ja ganz allein zwei Portionen Steak mit Pommes vertilgen.

20.13 Uhr

Sie kommt gerade wieder. Ich bin dermaßen erleichtert. Sie muss etwas mit ihren Haaren angestellt haben, denn die sehen anders aus. Aber das werde ich nicht erwähnen, sondern einfach die Stimmung auflockern. Darin bin ich wirklich gut.

20.30 Uhr

Weder Maddy noch ich haben viel von unserer Portion gegessen. Die ganze Zeit habe ich Maddy vermisst. Sie saß mir zwar direkt gegenüber, aber etwas war anders. Etwas fehlte.

Aber ich war ein Junge mit einer Mission, und es galt, Maddy aufzuheitern. Also fragte ich sie: »Was denkt ein Sandkorn, das durch die Wüste läuft?« Sie schüttelte den Kopf. »*Huch, ich glaube, ich werde verfolgt.* Ich hab noch einen für dich, Maddy. Wie nennt man ein Taschentuch, das in der Hose steckt? *Schritttempo.* Kapiert?«

Ich rasselte einen Witz nach dem anderen runter.

Ich wollte sie unbedingt zum Lachen bringen. Normalerweise ist das ein Klacks für mich. Und sie hat eine großartige und überraschend laute Lache. Doch heute Abend bekam ich nichts davon zu hören, egal wie sehr ich mich abmühte. Also begnügte ich mich damit, dass sie lächelte. Besser als nichts.

So grässlich, wie unser Date begonnen hat, kann es wenigstens nicht schlimmer werden.

21.40 Uhr

Weißt du, ich dachte, das Date könnte nicht schlimmer werden. Haha, hörst du mich bitter lachen?

Haha, hörst du mich noch bitterer lachen?

Wir hatten Kaffee bestellt, und ich kam gerade vom Klo zurück, als ich sah, dass Maddy nicht allein war.

Edgar war bei ihr.

Erinnerst du dich, wie ich all die großartigen Witze erzählt hatte, die Maddy nur ein höfliches Lächeln entlockt hatten? Stell dir vor, jetzt schüttelte sie sich vor Lachen – über Edgar!

Wie konnte Maddy es wagen, über einen anderen Jungen als mich zu lachen? Dazu noch auf unserem Date! Das ist doch eine Frechheit, oder?

Kein Wunder, dass sich meine Stirn in tiefe Furchen legte, als ich an den Tisch zurückmarschierte. Ich glaube, ich habe Edgar nicht mal richtig begrüßt. Er machte auch gleich darauf die Fliege.

Aber Maddy schien über sein plötzliches Auftauchen kein bisschen überrascht zu sein. Sie murmelte etwas von den Milchshakes in dem kleinen Café nebenan, die er so gerne mochte.

»Und ausgerechnet heute wollte er zufällig einen Milchshake?«

»Er ist nur kurz reingekommen, um Hallo zu sagen. Es ist schließlich sein Geburtstag.«

Je mehr sie ihn verteidigte, desto wütender wurde ich. »Ihr zwei scheint euch ja prächtig zu amüsieren.«

»Ja, er bringt mich zum Lachen«, sagte Maddy.

»Das ist mir nicht entgangen«, knurrte ich.

»Er hat gesagt, falls er jemals ein Date mit einem Mädchen hätte, würde er sie einfach zu sich nach Hause einladen und mit ihr ein Puzzle legen.« Sie fing wieder zu lachen an. »Und danach könnten sie eine Runde Schach spielen und –«

»Da fällt mir ein, es ist mir egal, was er gesagt hat«, unterbrach ich sie.

Danach versanken wir in Schweigen, tranken oder vielmehr schütteten unseren Kaffee runter und wollten nur noch, dass es vorbei war. Ich habe nicht mal versucht, sie zu küssen – an diesem Abend war schon genug schiefgegangen.

Als ich dann heimkam, hätte man meinen können, ich wäre in einer Quizshow gelandet. Mum und Dad bombardierten mich mit Fragen über meinen Abend und grinsten dabei die ganze Zeit kitschig. Warum wollten sie so viel wissen? Mich würde es total gruseln, wenn sie mir etwas über eins ihrer Dates erzählen würden.

Es ist aus

Samstag, 23. November
10.15 Uhr

Ich wurde von einem echt ekligen Gestank geweckt. Dann kam Elliot in mein Zimmer gelaufen. Er hielt sich ein Taschentuch vor den Mund.

»Entweder kocht Dad gerade das Frühstück«, keuchte er und ließ sich aufs Bett fallen, »oder jemand hat den fiesesten Furz aller Zeiten losgelassen.«

Unten erwartete uns Dad. Grinsend stand er in einer Wolke aus Mief. »Heute gibt es ein Frühstück wie im Hotel – mit O-Saft, Tee und Toast, Haferbrei und Räucherheringen. Ruft doch bitte eure Mum.«

Aber das erübrigte sich, denn der Gestank hatte sie schon alarmiert.

»Ist das nicht großartig, Jungs?«, stammelte sie.

»So könnte man es nennen«, murmelte ich.

Irgendwie gelang es Mum, ihre fröhliche Miene aufrechtzuerhalten, selbst als sie Dads braunen, klumpigen Haferbrei aß. Ich hatte nie geahnt, dass sie so eine tolle Schauspielerin ist.

14.20 Uhr

Ich habe beschlossen, Maddy anzurufen.

Wir werden uns schlapplachen über gestern Abend. Maddy hat ein Talent dafür, alles mit Humor zu nehmen. Das ist eine ihrer tollen Eigenschaften.

14.25 Uhr

Ich habe beschlossen, Maddy nicht anzurufen.

Wenn man erst mal mit einem Mädchen zusammen ist, kann man sie nicht einfach so anrufen, weil man dann verzweifelt und emotional bedürftig wirkt. Wie hatte ich das nur vergessen können?

Also werde ich mich verhalten, wie es sich für einen festen Freund gehört, und darauf warten, dass Maddy mich anruft.

19.15 Uhr

Samstags schreibt Maddy mir immer SMS. Immer. Außer heute. Zugegeben, das Date war eine Katastrophe, aber sie hätte sich wenigstens dafür bedanken können, dass ich sie eingeladen habe. Da wäre ihr schon kein Zacken aus der Krone gebrochen.

22.30 Uhr

Immer noch nichts von Maddy. Nächstes Mal darf sie ihr Essen selber zahlen.

Sonntag, 24. November

9.15 Uhr

Elliot weckte mich. Aufgeregt rief er: »Heute müssen wir uns nicht den Magen auspumpen lassen. Mum macht das Frühstück.«

Wir rasten die Treppe runter. Unsere Verdauungsorgane überschlugen sich vor Freude. Als Dad in die Küche spaziert kam, sagte Mum hastig: »Du hast die ganze Woche am Herd gestanden. Heute bin ich dran.«

Ich bin sicher, dass ein erleichterter Ausdruck über Dads Gesicht huschte.

17.30 Uhr

Endlich eine SMS von Maddy. Das Date hat sie allerdings überhaupt nicht erwähnt. Sie hat nur gefragt, ob ich von *Kids mit Biss* gehört habe. Dabei ist es höchst unwahrscheinlich, dass sie mich an einem Sonntag anrufen, würde ich sagen. Außerdem wäre sie die erste Person, der ich es erzählt hätte.

Das war nur ein Vorwand, oder? Sie möchte, dass ich sie anrufe.

17.35 Uhr

Maddy hat mir mal gesagt, dass ich eins dieser Gesichter habe, die einem sofort gute Laune machen. Darum habe ich beschlossen, sie doch nicht anzurufen, sondern persönlich bei ihr vorbeizugehen.

Außerdem werde ich eine irre komische Bemerkung über unser erstes Date machen und mich auf der Stelle wieder mit ihr verabreden. Und diesmal wird alles perfekt.

18.35 Uhr

Ihr Mum öffnete. Normalerweise lächelt sie mich an und quatscht mit mir. Heute warf sie mir nur einen finsteren Blick zu und sagte kurz angebunden, Maddy sei mit ihren Hausaufgaben beschäftigt und hätte nicht viel Zeit. Dann ließ sie mich auch noch stundenlang im Flur warten.

Ich kann dir sagen, die Anspannung war kaum auszuhalten. Und dabei hatte ich Maddy noch nicht mal gesehen. Ich musste irgendwie die Situation auflockern, aber wie? Dann hatte ich eine Idee. Ich würde so tun, als sei ich ein Orang-Utan. (Manch einer könnte jetzt sagen, dazu müsste ich mich nicht groß verstellen.) Das kommt immer gut an.

Als Maddy also endlich erschien, stieß ich ein affenartiges Gebrüll aus – unheimlich realistisch. Man hätte wirklich meinen können, ein wilder, aber freundlicher Orang-Utan sei zu Besuch gekommen.

Ich trommelte mir sogar mit den Fäusten auf die Brust und erwartete, dass Maddy sich schieflachte. Doch stattdessen sah sie mich nur entsetzt an. Dann erschien ihre Mum wieder.

»Was in aller Welt ist das für ein Krach?«, fragte sie.

»Das ist nur Luis, der einen Elefanten nachmacht«, sagte Maddy.

Maddys Mum warf mir einen vernichtenden Blick zu, bevor sie davonstapfte, während ich höchst beleidigt sagte: »Maddy, das war der Schrei eines Orang-Utans.«

»Oh, ich habe es für einen Elefanten gehalten«, sagte sie. »Genau so hat es sich jedenfalls angehört.«

»Aber ich habe mir auf die Brust getrommelt.«

»Ach, echt? Habe ich nicht bemerkt. Ich habe meiner Mum

gesagt, dass ich deiner Meinung nach wie die Elefantenfrau aussah.«

»Das habe ich nie gesagt.«

»Doch, das hast du.«

»Schon, aber das war nur witzig gemeint, weil du gesagt hast –« Ich hielt inne. Es war zwecklos, das jetzt erklären zu wollen.

»Jedenfalls trage ich meine Haare jetzt wieder so wie vorher«, ließ sie mich wissen.

»Toll.« Es war mir einfach so rausgerutscht.

»Ich dachte mir schon, dass du zufrieden sein würdest«, blaffte sie mich an.

»Nein, ich meinte nicht toll – ich meinte –« Verzweifelt sah ich sie an. »Hey, Maddy, du und ich haben gerade den Preis für das mieseste erste Date aller Zeiten gewonnen.« Dann begann ich völlig überdreht zu lachen. Leider war ich der Einzige.

Maddy sah plötzlich entsetzlich verletzt aus. Das war das Allerletzte, was ich gewollt hatte. Aber mit jemandem zusammen zu sein, verändert alles. Jede Unterhaltung wird mit einem Mal zum Minenfeld. Ich konnte gerade überhaupt nichts richtig machen oder sagen. Ich musste diesen Tiefpunkt irgendwie überwinden.

Also sagte ich so munter wie möglich: »Schau, Maddy, unser nächstes Date kann nur besser werden. Also, wann möchtest du gern wieder mit mir ausgehen?« Ich grinste breit.

Da wandte Maddy den Blick von mir ab und ein scheußliches Schweigen breitete sich aus.

»Hm, das klingt nach einem Vielleicht. Wie wäre es denn nächsten …?«

»Um ehrlich zu sein …« Maddy sah mich wieder an. »Ich glaube, wir brauchen eine Beziehungspause.«

»Eine Pause? Schon nach dem ersten Date?« Kaum hörbar fügte ich hinzu: »Du machst doch nicht etwa …?« Ich wagte es nicht, den Satz zu beenden, denn »Ich mache Schluss« ist das Schlimmste, was ein Mädchen zu einem sagen kann. Besonders wenn man sie so gern hat wie ich Maddy.

»Luis, es tut mir leid«, sagte sie, »es liegt nicht an dir, sondern an mir.«

»Du machst also Schluss?«, flüsterte ich heiser.

»Ja.« Auch ihre Stimme war nur ein Wispern. »Ich wäre so glücklich, wenn zwischen uns alles wieder so sein könnte wie früher.«

»Tja, ich mache gerne Menschen glücklich«, krächzte ich mit letzter Kraft. »Also werde ich …« Aber mehr konnte ich nicht sagen, so eng war meine Kehle. Stattdessen ging ich hastig davon. Ich dachte, dass Maddy mir vielleicht hinterherrufen würde, dass sie ihre Meinung geändert hatte und dass alles nur ein grässliches Missverständnis gewesen sei. Aber ich hörte nur, wie die Tür hinter mir zuschlug.

21.30 Uhr

Stell dir vor, ich habe gerade ein Gedicht geschrieben. Mein allererstes. So fängt es an:

> Draußen ist es grau und klamm.
> Doch in meinem Kopf
> ist es noch viel grauer und klammer.

Und so endet es auch. Danach ist mir nichts mehr eingefallen. Edgar hätte sicher noch seitenweise weiterschreiben können.

Aber ich wette, wenn du Edgar fragen würdest, was am Strand liegt und schlecht zu verstehen ist, käme er nicht darauf, dass es eine *Nuschel* ist.

Und er wüsste auch nicht, dass die Nuschel, wenn sie Schnupfen hat, eine *Niesnuschel* ist.

Aber ich kann Maddy keine Witze mehr schicken, oder?

Nicht, nachdem sie mit mir Schluss gemacht hat.

Ein wahrlich erschreckendes Ereignis

Montag, 25. November

12.00 Uhr

Normalerweise bekomme ich für meine Geschichtsaufsätze eine Sechs minus. Heute bekam ich eine Drei. Ich fühlte mich wie ein Streber.

Am Ende der Stunde sagte Godzilla zu mir: »In diesem Aufsatz steckt eine Menge harte Arbeit, würde ich sagen.«

In diesem Punkt konnte ich ihm aufrichtig zustimmen.

»Du musst nur deine Schlussfolgerungen detaillierter erklären und mehr Beispiele einfügen.«

Ich nickte ernst.

»Aber genau diese engagierte Leistung solltest du weiterhin zeigen.«

»Oh ja, das wird er.« Hastig korrigierte ich mich. »Oh ja, das werde ich.«

16.45 Uhr

Als ich Dad meine Note in Geschichte zeigte, ließ er den Kopf hängen.

»Hey, sei bloß nicht enttäuscht«, sagte ich. »Eine Drei ist für mich eine Weltsensation. Ich wundere mich, dass die Kirchenglocken kein Freudengeläut angestimmt haben und –«

Dad unterbrach mich. »Hat dein Lehrer dir erklärt, wieso du keine bessere Note bekommen hast?«

»Ach, irgendwas darüber, dass die Schlussfolgerungen detaillierter erklärt sein müssten. Und dann noch, dass er mehr Beispiele wollte. Manchen Leuten kann man es einfach nicht recht machen, was?«

»Hat irgendjemand eine Eins bekommen?«, fragte Dad.

»Beim Godzilla? Niemals.«

»Und eine Zwei?«

»Ein paar«, sagte ich.

»Wie viele?«

Ich hatte keinen Schimmer. »Etwa zehn«, schätzte ich.

»Zehn!« Jetzt sah Dad komplett niedergeschlagen aus.

»Na ja, vielleicht neun oder acht oder sieben … auf jeden Fall habe ich bis Freitag noch einen Geschichtsaufsatz auf über den Ruf von Elizabeth I. in den letzten Jahren ihrer Regentschaft.« Ich hatte den Satz kaum beendet, da machte Dad sich schon ans Werk.

»Diesmal sorge ich dafür, dass du eine Zwei bekommst«, versprach er.

»Überanstrenge dich meinetwegen nicht. Eine Zwei wäre auf jeden Fall klasse.« Dann fügte ich noch hinzu: »Am besten behalten wir das für uns.« Denn ich wusste, wenn Mum erfuhr, dass Dad meine ganzen Geschichtshausaufgaben erledigte, würde sie es als etwas hinstellen, das nicht in Ordnung war.

Dad sagte nichts, aber ich bin sicher, dass er ein leichtes zustimmendes Nicken andeutete.

Dienstag, 26. November

17.20 Uhr

Ich war gerade heimgekommen, als Dad angesaust kam. »Ich will ja nicht prahlen, aber ich habe heute die gesamte Wäsche erledigt.«

»Ich freu mich so für dich«, murmelte ich.

»Es ist alles nur eine Frage der Organisation. Hilfst du mir, die Wäsche in den Trockner zu tun?«

Was sollte das? War Dad nicht klar, dass ich den ganzen Tag keine Gelegenheit gehabt hatte, ein Computerspiel zu spielen? Aber dann zog ich Dads weißes Hemd aus der Waschmaschine und die Sache wurde langsam interessant.

Denn dieses Hemd war großzügig mit blauen Flecken verziert.

Ich zeigte es Dad. Er riss die Augen auf und begann dann, wie wahnsinnig weitere Wäschestücke herauszuziehen. Vieles – darunter Mums Bluse und ihre graue Hose – hatte nun ein neues blaues Fleckenmuster.

Wenn in einem Film ein Monster zum ersten Mal auftaucht und die Leute es sehen, haben sie einen ganz bestimmten Gesichtsausdruck. Ich kann dir sagen, die wirken noch entspannt, verglichen mit Dads entsetztem Gesicht.

»Aber wie … wie?«, fragte er gequält.

»Hast du in allen Taschen nachgesehen, Dad?«

»Ich habe überhaupt nicht in die Taschen gesehen … ich habe die Wäsche einfach reingestopft.«

Ich schüttelte betroffen den Kopf. »Die oberste Regel beim Wäschewaschen lautet, dass man die Taschen jedes einzelnen Kleidungsstücks vorher inspizieren muss. Das weiß sogar ich.«

Da zog Dad einen jetzt übel zugerichteten blauen Stift aus der Wäsche. Es war einer von meinen, aber das behielt ich lieber für mich.

»Was soll ich denn jetzt machen?«, fragte Dad, als wäre ich ein führender Experte in Sachen Wäsche.

»Dich verstecken«, schlug ich vor.

Aber mir war klar, dass Dad sich in einer verzwickten Lage befand. Also klopfte ich ihm aufmunternd auf die Schulter und sagte: »Mum wird gar nicht so furchtbar böse sein. Mag sein, dass sie erst mal ein bisschen durchdreht. Aber sie weiß ja, dass sie es mit einem Amateur zu tun hat.«

Da hörten wir, wie die Haustür geöffnet wurde.

Mum und Elliot kamen heim.

Mum lachte über irgendwas. Sie klang erschreckend gut gelaunt.

»Hallöchen«, rief sie munter, als sie in die Küche kam. »Oh, ihr wart ja wieder fleißig …« Doch dann fiel ihr Blick auf das Ergebnis von Dads harter Arbeit und ihre Stimme brach weg. Ein paar Sekunden lang war der Raum von einer Stille erfüllt, die zum Schneiden war.

Dann hielt Mum ein paar der neuerdings zweifarbigen Kleidungsstücke in die Höhe.

»Einige davon sehen jetzt noch besser aus«, sagte ich optimistisch. »Dad hat deine Bluse zum Beispiel viel interessanter gemacht. Du musst dich also nicht mehr sorgen, du könntest in der Masse untergehen, Mum. Wo immer du hingehst, sind dir neugierige Blicke sicher …« Ich hielt inne. Mum seufzte hörbar.

Dann sah sie Dads gramvolles Gesicht, schluckte schwer und sagte ruhig: »Solche Unfälle passieren nun mal.«

18.25 Uhr

Die gute Nachricht: Dad hat meinen Geschichtsaufsatz schon fertig geschrieben. Er hat ihn mir gerade gegeben. »Das nenne ich Arbeitseifer«, sagte ich. »Ich muss ihn erst am Freitag abgeben.« Und nachdem ich ihn überflogen hatte, ließ ich Dad wissen: »Der ist allererste Sahne.«

»Es war eine Herausforderung, aber ich habe sie genossen.« Dann fügte er hinzu: »Und wehe, es gibt diesmal keine Zwei.« Er meinte das nur halb im Scherz.

Mittwoch, 27. November

Ich habe Dad gerade geholfen, die Einkäufe einzuräumen. Ich weiß, ich bin viel zu gutherzig. Aber als ich heimkam, saß er da und starrte alles an, was er auf den Küchentisch gestapelt hatte. Hinterher machte er mir eine Tasse Tee und stellte einen Teller Kekse hin.

Dann sagte er ohne Vorwarnung: »Dein Date mit Maddy am Freitag lief wohl nicht so toll.«

Das hatte ich nicht kommen sehen, es traf mich völlig unerwartet. Vielleicht platzte ich deswegen damit heraus: »Nach nur einem Date hat Maddy gesagt, dass wir eine Beziehungspause brauchen. Ich kann dir sagen, es war die absolute Katastrophe.«

»Wieso, was ist passiert?«

Ich wand mich innerlich, während ich ihm alles bis ins kleinste Detail berichtete. Er nickte nur und lächelte vage, und du weißt ja, wie das ist – dann kann man einfach nicht aufhören zu reden. Schließlich sagte ich: »Aber ich finde es bemerkenswert, dass dir aufgefallen ist, dass etwas nicht stimmt. Ich dachte, ich hätte mich richtig gut verstellt.«

»Das hast du«, sagte Dad, »aber ich hatte selbst so viele missglückte Dates, dass ich die Signale erkenne.« Und dann erzählte er nicht etwa von sich selbst und seinen Erlebnissen, wie es die meisten Erwachsenen getan hätten, sondern entschuldigte sich.

»Deine Mum und ich waren an dem Abend wohl nicht besonders hilfreich, was?«

»Nun …«

»Wir haben uns an unser erstes Date erinnert und haben uns dadurch dazu hinreißen lassen, dich mit Ratschlägen zu überhäufen. Tut mir leid.«

»Ist schon in Ordnung. Aber es sollte nie wieder vorkommen.« Ich war total baff darüber, wie er mit mir redete.

»Gib Maddy ein bisschen Zeit«, sage er und klang dabei wie ein cooler älterer Bruder, nicht wie mein Vater. »Sie soll von sich aus zu dir zurückkommen.«

»Das ist sehr unwahrscheinlich, nachdem sie gleich nach dem ersten Date Schluss gemacht hat«, sagte ich.

»Warte ab«, sagte Dad. »Aber ich glaube, dass sie wieder auf dich zukommen wird, und wenn es so weit ist, dann lass sie reden. Und hör ihr wirklich genau zu.« Dann fragte er: »Hast du seit der Trennung etwas von ihr gehört?«

»Nein.«

»Tja, ich finde, du solltest dich bei ihr melden. Ihr seid schließlich immer noch Freunde, nicht wahr?«

»Ich bin mir im Moment nicht sicher, was wir eigentlich sind.«

»Schreib ihr eine SMS.«

»Und was soll da drinstehen?«, wollte ich wissen.

»Irgendwas. *Grüße von meinem Dad, er will wissen, wie es dir geht*, wenn du magst. Es spielt keine Rolle, Hauptsache, du lässt von dir hören.«

Ich war Dad irre dankbar, aber es war mir auch peinlich, dass ich so persönliches Zeug ausgeplaudert hatte. Also scherzte ich: »Was ich dir erzählt habe, ist geheim und du darfst es niemals jemandem erzählen. Es ist auf keinen Fall für Elliots Ohren bestimmt – und ganz gewiss nicht für Mums.«

Ich dachte, dass er widersprechen würde, aber er tätschelte mir nur den Arm und sagte: »Es ist sicher das Beste, wenn du mit Mum darüber redest, sobald du dazu bereit bist.«

Ich wette allerdings, dass er es ihr erzählen wird.

19.50 Uhr

Ich habe Maddy gerade eine SMS geschrieben:

Grüße von meinem Dad. Wie läuft's bei dir so?

Dann fügte ich noch hinzu:

Treffen sich zwei Zapfsäulen. Fragt die eine: »Na, wie läuft's?« Sagt die andere: »Normal, und bei dir?« »Super!«

Maddy antwortete sofort, schickte Grüße an meinen Dad und bat mich, ihm auszurichten, dass es ihr gut ging. Sie schrieb außerdem, dass ihr der Witz gefallen hatte. Also schickte ich ihr weitere Witze, und die gefielen ihr ebenfalls.

Donnerstag, 28. November

17.00 Uhr

In der Schule war es heute so langweilig, dass ich fast zu atmen vergaß. Aber als ich heimkam, klingelte mein Handy.

Es war Evie von *Kids mit Biss.*

Wir quatschten ein wenig. Sie fragte mich, ob ich mich auf Weihnachten freue, und dann nannte sie mir das Datum für das Finale von *Kids mit Biss.*

Es ist Freitag, der 13. Dezember.

»Beim Finale möchten wir natürlich, dass du so urkomisch bist wie immer«, sagte Evie. »Außerdem möchten wir jedoch, dass du in deiner Nummer etwas Unerwartetes machst, etwas, das ein bisschen anders ist.«

»Was denn zum Beispiel?«, erkundigte ich mich prompt.

»Das bleibt dir überlassen«, sagte Evie. »Vielleicht könntest du ein weiteres Talent vorführen.«

»Während ich Witze erzähle?«

»Ja, das ist eine gute Idee«, sagte Evie. »Aber denk ruhig eine Weile darüber nach. Wir geben allen Teilnehmern diese Anweisung und sind schon sehr gespannt darauf, was euch Originelles einfällt. Viel Glück, Luis.«

18.05 Uhr

Ich habe Maddy die gute Neuigkeit geschrieben.

Sie hat sofort geantwortet.

Sie möchte, dass ich meine Nummer bis Samstag fertig habe und sie ihr dann vorführe. Sie wird ebenfalls darüber nachdenken, womit ich aus meiner Vorführung etwas Besonderes machen kann. Seit wir kein Paar mehr sind, verstehen wir uns viel besser.

19.20 Uhr

Ich habe gehört, wie Mum und Dad in der Küche flüsterten. Sie hat gefragt: »Warst du in letzter Zeit mal in den Zimmern der Jungs?«

»Nein«, sagte Dad. »Ich hatte da so eine kleine Idee, dass wir den Jungs die Kontrolle über ihre Privaträume überlassen.«

»Ach ja«, sagte Mum äußerst zweifelnd.

»Ich habe jedem sogar sein eigenes Staubtuch gegeben, und das scheint sie ziemlich angespornt zu haben.«

»Ich habe vorhin mal kurz in beide Zimmer reingeschaut, und ich würde sagen, sie sind ein wenig außer Kontrolle geraten.« (Das ist Mums Umschreibung von totalem Chaos.)

»Also, das überrascht mich jetzt … Ich war sicher, dass meine Idee …«, stammelte Dad und brach dann ab.

Er klang so entsetzlich enttäuscht, dass ich in die Küche stürmte und rief: »Hey, Leute, ich werde jetzt mal gründlich abstauben. Ich kann's kaum erwarten. Es ist so toll, dass ich jetzt mein eigenes, persönliches Staubtuch habe.« Oben habe ich dann lange und gründlich nach dem Tuch gesucht und es beim besten Willen nicht gefunden. Also habe ich mein Taschentuch verwendet, was genauso gut funktioniert, und zwei komplette Regalreihen sauber gewischt. Obwohl das ja eigentlich Aufgabe der Eltern ist.

Freitag, 29. November

8.50 Uhr

Ihr werdet es nicht glauben. Ich habe meine Geschichtshausaufgabe schon seit Tagen fertig (oder vielmehr Dad hatte sie fertig, wenn man so pingelig sein will), aber nun habe ich sie trotzdem vergessen. Ich habe sie auf dem Küchentisch liegen lassen. Godzilla wird nicht erfreut sein.

9.20 Uhr

Wir hatten eine ganze Schulversammlung ertragen (frag mich bloß nicht, um was es dabei ging) und liefen gerade alle in die Klassenzimmer zurück, als ich jemanden entdeckte: ausgerechnet meinen Dad. Er stand etwas verwirrt am Eingang. Als er mich sah, rief er: »Hey, Luis, ich bringe dir deine Hausaufgabe!« Er wedelte mit dem Geschichtsaufsatz herum, dann schob er sich durch die Schülermassen auf mich zu.

»Dad, du bist mein Held«, sagte ich und schnappte mir den Aufsatz.

»Ich habe ihn vorhin auf dem Tisch liegen sehen …«

»Du hast mir das Leben gerettet.«

Dad schaute sich um. »Ich hatte ganz vergessen, wie groß deine Schule ist.«

»Oh ja, sie ist –« In dem Moment erspähte ich mit großem Entsetzen jemanden, der in unsere Richtung walzte. Es war die eine Person, der Dad auf gar keinen Fall begegnen durfte. »Also, ich will dich nicht weiter aufhalten«, sagte ich und schob Dad in Richtung Ausgang. »Das Wetter scheint ja heute ganz gut zu werden« – es regnete in Strömen – »und du brauchst jetzt dringend ein bisschen Luft, was? Nichts ist so wohltuend wie frische Luft in den Lungen.«

Ich plapperte verzweifelt weiter, aber es war zu spät. Godzilla hatte uns schon gesehen. Er hastete auf Dad zu, während mir der Schweiß ausbrach.

»Ist das … ja, Sie müssen der Vater von Luis sein, nicht wahr?«, rief er aufgeregt.

»Dad wollte gerade gehen«, fiel ich ihm ins Wort. »Er ist wahnsinnig in Eile.«

Aber Godzilla hörte mich gar nicht. Er war zu sehr damit beschäftigt, Dad die Hand zu schütteln. »Ich bin Mr Beach, der Konrektor, und ich freue mich unheimlich, Sie hier zu sehen.«

Godzilla schüttelte weiter Dads Hand, als hätte er einen verlorenen Bruder wiedergefunden. Dad sagte: »Ich hab Luis gerade gesagt, dass ich den Aufsatz, den er vergessen hatte, auf dem Tisch gesehen habe, weswegen ich gleich hergeeilt bin. Aber ich war mir nicht sicher, ob ich einfach reinkommen soll oder lieber –«

»Absolut verständlich«, unterbrach ihn Godzilla.

»… dann muss ich versehentlich am Sekretariat vorbeispaziert sein«, ergänzte Dad.

»Das kann leicht passieren«, sagte Godzilla. »Das Einzige, was zählt, ist, dass Sie Ihre Ängste überwunden haben, nicht wahr?«

»Ja«, sagte Dad, dem die Stimme beinahe versagte.

»Und nichts, was Sie in Zukunft tun werden, wird so schwer sein, wie heute hierherzukommen. Gut gemacht.«

»Danke.« Dad sprach immer leiser.

»Wissen Sie, Sie heute hier zu treffen, hat diesen Tag für mich zu einem ganz besonderen gemacht«, sagte Godzilla.

Jetzt sah Dad ernstlich beunruhigt aus, während ich vor Entsetzen zitterte. Falls Dad herausfand, dass ich einen Brief an die Schule gefälscht hatte – und wenn er erfuhr, was ich über ihn geschrieben hatte –, dann bekäme ich gewaltigen Ärger.

»Wir können einen solchen Moment nicht einfach verstreichen lassen, ohne ihn gebührend zu würdigen«, sagte Godzilla und zeigte Dad jeden einzelnen seiner verfaulten Zähne. »Wie wäre es mit einer Tasse Kaffee?«

Mein Herz rutschte mir in die Hose.

»Nein, ich gehe besser wieder heim und …«, fing Dad an.

Ich wurde vor Erleichterung beinahe bewusstlos.

Godzilla tätschelte Dads Hand. »Das verstehe ich vollkommen. Aber der erste Schritt ist immer der schwerste. Ich hoffe, dass Sie sich das merken werden.«

»Ganz gewiss«, sagte Dad leise.

»Nächstes Mal trinken wir dann gemeinsam einen Kaffee. Und nochmals herzlichen Glückwunsch.«

Als Godzilla davonlatschte, schüttelte Dad den Kopf. »Wow, der ist ja außerordentlich freundlich.«

»Außerordentlich«, stimmte ich zu.

»Was meinte er damit, der erste Schritt sei der schwerste?«

»Er gibt gerne jedem ein paar Weisheiten mit auf den Weg. Das kommt wohl daher, dass er bei den Schulversammlungen so viele Reden hält.«

»Und weshalb hat er mir ständig gratuliert?«

»Das macht er bei jedem. Er glaubt, damit eine positive Atmosphäre zu schaffen.«

Dad schüttelte den Kopf. »Und ich dachte, meine Lehrer wären exzentrisch gewesen.«

Nachdem Dad fort war, hatte ich immer noch Schnappatmung. Was für ein Schreck in der Morgenstunde.

Da war ich ja gerade noch davongekommen – fürs Erste!!

Maddys Veto

Samstag, 30. November

9.40 Uhr

Mum war früh auf, um das Frühstück zu machen, damit wir wieder etwas Ordentliches zu essen bekamen (Dads Kochkünste lassen nach wie vor zu wünschen übrig). Er sagte zu Mum: »Putzen, Wäsche waschen, einkaufen und kochen. Ich frage mich, wie du das alles geschafft hast, während du dabei noch halbtags gearbeitet hast. Kaum hat man aufgeräumt, ist es gleich wieder unordentlich.« Mum nickte dazu. »Und die Klos zu putzen, ist echt eklig.«

»Hey, wir essen gerade«, knurrte ich.

»Aber fandest du die Putzerei nicht beruhigend und entspannend?«, zog Mum ihn grinsend auf.

Dad lachte etwas verlegen.

Als Elliot und ich gingen, rief Mum uns nach: »Vergesst nicht, dass wir morgen Mittag eure Hilfe brauchen.«

»Wieso, was ist da?«, fragte ich.

»Die Nachbarn kommen morgen zu Besuch. Ihr wisst doch, sie hatten Dad und mich letzten Monat zu sich eingeladen und jetzt …«

»Und ihr habt einen grässlichen Abend verbracht«, sagte ich.

»Ach, ich würde ihn nicht unbedingt als grässlich bezeichnen«, meinte Mum.

»Aber ihr habt keinen von ihnen gemocht. Also ladet ihr sie jetzt ebenfalls ein. Das ist natürlich total sinnvoll«, sagte ich.

»Sie haben sich gewissermaßen selbst eingeladen«, verteidigte sich Mum. »Was hätte ich denn sagen sollen?«

»Wie wäre es mit Nein?«, schlug ich vor.

»Und was müssen wir dabei eigentlich machen?«, fragte Elliot.

»Ach, nichts Anstrengendes«, sagte Mum. »Ihr müsst euch nur mit ihnen unterhalten.«

Elliot und ich stöhnten.

»Und Platten mit Essen herumreichen«, fuhr Mum fort.

Elliot und ich stöhnten.

»Und eure besten Sachen anziehen«, fügte Dad mit aufreizendem Lächeln hinzu.

»Halt, ich möchte nichts mehr davon hören«, sagte ich. »Ich bin doch so schreckhaft.«

»Werden wir dafür bezahlt?«, erkundigte sich Elliot.

»Ich tue so, als hätte ich das nicht gehört«, sagte Mum entrüstet.

»Also nicht«, sagte ich. »Das ist Kindersklaverei.«

11.50 Uhr

Du würdest staunen, wie lange es dauert, um genug Witze für

eine dreiminütige Nummer zu finden. Aber ich bin verdammt zäh. Diesen Witz habe ich gerade wieder gestrichen:

Wieso ist der Laminatboden verschwunden?
Jemand hat ihn verlegt.

Der ist mir nicht komisch genug. Und was den hier anbetrifft, bin ich mir auch nicht so sicher:

Ich hasse lange Schlangen an der Kasse.
Stell dich nicht so an!

Aber den hier werde ich auf jeden Fall drinlassen:

Zwei Bomben sitzen im Keller. Sagt die eine: »Hier ist es langweilig. Lass uns hochgehen.«

Ich grinse, während ich den notiere. Ich weiß, dass es mir Spaß machen wird, ihn zu erzählen.

12.05 Uhr

Ich hatte eben einen genialen Geistesblitz. Ich weiß, wie ich meine Nummer aufpeppen werde. Und zwar … (gleich wirst du staunen): mit Jonglieren.

Ich werde also Witze reißen und dabei gekonnt mit Äpfeln, Orangen und Bananen jonglieren. Ich habe noch nie jongliert, aber das kann ja nicht so schwer sein. Außerdem, wenn mir etwas runterfällt, lache ich souverän, als wäre es ein Teil der Nummer. Das wird gigantisch.

12.11 Uhr

Ich möchte Maddy heute Abend unbedingt beeindrucken. Ich möchte, dass sie mit Lachtränen in den Augen flüstert: »Wie konnte ich einen Jungen sitzen lassen, der so großartig Witze erzählt – und dabei auch noch jongliert!«

20.50 Uhr

Als Maddy kam, war es erst mal äußerst unangenehm. Sie hatte die Gesichtsfarbe einer überreifen Tomate und meine Schultern führten plötzlich ein Eigenleben und zuckten unkontrolliert. Aber schließlich ist sie ja auch meine erste Exfreundin. Es ließ sich gar nicht vermeiden, dass ich aufgewühlt war. Aber ich sagte mir, wenn ich erst mal Witze erzähle und jongliere, wird die ganze Peinlichkeit sich in nichts auflösen.

Doch bevor wir nach oben gehen konnten, erschien Mum mit einem breiten Lächeln auf dem Gesicht.

»Ich wollte dir nur sagen, dass wir über dich und Luis Bescheid wissen.«

»Oh ja«, sagte Maddy niedergeschlagen.

»Und ich bin überglücklich. Wir beide sind es«, sagte Mum strahlend.

Maddy starrte sie mit offenem Mund an. Eltern reden normalerweise nicht so vergnügt mit einem Mädchen, das gerade mit ihrem Sohn Schluss gemacht hat.

»Seit Luis uns davon erzählt hat, können wir gar nicht mehr aufhören zu lächeln«, meinte Mum lachend.

Maddy stöhnte auf, während ich dachte, dass Dad sein Versprechen tatsächlich gehalten und Mum nichts vom Ende unserer Beziehung erzählt hatte. Wer hätte das gedacht?

Oben angekommen, sagte Maddy mit belegter Stimme, als wäre sie plötzlich erkältet: »Deine Mum freut sich über das, was passiert ist?« Ich wollte es ihr erklären, aber da fuhr sie schon fort: »Es ist wirklich am besten so, weißt du.«

Da beschloss ich, es auf sich beruhen zu lassen und lieber gleich in meine Nummer einzusteigen. Ich legte die Äpfel und Orangen bereit, die ich mir aus der Küche geliehen hatte. »Ich glaube, ich kann meinen Text inzwischen auswendig«, erklärte ich, »aber ich habe für alle Fälle einen Spickzettel.«

»Prima«, sagte Maddy und entspannte sich etwas. Ich atmete ein paar Mal tief durch und legte los.

Ich muss zugeben, dass ich am Jonglieren noch etwas arbeiten muss, denn ich ließ alle Äpfel und Orangen fallen, die ich mir aus der Küche geliehen (!) hatte. Aber meine Witze waren erstklassig.

Maddy hätte sich kaputtlachen sollen. Doch sie zeigte nicht mal die Andeutung eines Lächelns. Starr wie eine Bleistiftmine saß sie da. Und als ich fertig war, rührte sie nicht mal einen Finger, um zu klatschen. Ich habe Menschen in Trance gesehen, die mehr Körpersprache hatten.

»Nun, wie lautet dein Urteil?«, fragte ich mit ungewohnt nervösem Lachen. »Du siehst aus, als würdest du krampfhaft nach einem passenden Lob suchen.«

»Das tue ich.«

»Okay, ich gebe zu, dass ich noch nicht ganz fit im Jonglieren bin.«

»Nicht ganz?«, murmelte sie.

»Aber das Jonglieren an sich war ein toller Einfall, nicht wahr?«, fragte ich eifrig.

Maddy runzelte die Stirn. »Dein Jonglieren war einfach nur peinlich. Und du hast dich so stark darauf konzentriert, dass bei keinem der Witze das Timing gestimmt hat.«

»Das ist jetzt aber ein bisschen hart«, sagte ich und versuchte, nicht allzu verletzt zu klingen.

Sie stand auf. »Luis, wenn du im Fernsehen auftrittst, musst du die großartigste Vorstellung deines Lebens abliefern.«

»Das brauchst du mir nicht zu erzählen«, sagte ich und fügte, über ihren Tonfall ein wenig verärgert, hinzu: »Falls es dich beruhigt, ich werde jeden Abend Jonglieren üben.«

»Das beruhigt mich nicht die Bohne«, sagte sie. »Nein, tut mir leid, Luis, aber Jonglage passt überhaupt nicht zu dir. Ich setze mein Veto ein.«

Ich starrte sie an. »Dein *was?*«

»Als deine Agentin habe ich das Recht, ein Veto einzulegen.«

»Das hast du dir gerade ausgedacht.«

»Nein, habe ich nicht, und ich mache auf der Stelle von meinem Vetorecht Gebrauch. Die Jongliereinlage ist gestorben.«

Ich habe es nicht so mit Streiten. Darum lasse ich es. Obwohl ihre negative Einstellung meine Gefühle verletzte und ihr Veto-Gerede mich ärgerte, sagte ich munter grinsend: »Du hast recht, dass ich an meinen Jonglierkünsten noch viel mehr arbeiten muss. Also werde ich Tag und Nacht und sogar im Schlaf üben. Und dann wirst du sehen –«

»Ich möchte dich nie wieder jonglieren sehen«, verkündete Maddy theatralisch. Sie wollte noch etwas sagen, als es an meiner Zimmertür klopfte. Weder Maddy noch ich hatten die Klingel gehört oder mitbekommen, dass Mum einen Besucher hochgeführt hatte.

»Edgar ist da«, sagte Mum überflüssigerweise. Dann fiel ihr die angespannte Stimmung auf und sie meinte: »Ich lasse euch dann mal allein. Sagt Bescheid, wenn ihr etwas zum Trinken braucht.«

Edgar, dieser arrogante Streber, war jemand, auf dessen Besuch ich nicht den geringsten Wert legte, am allerwenigsten jetzt. Augenblicklich wurde der wohlig müffelnde Mief meines Zimmers von Edgars abstoßend sauberem, frisch gewaschenem Duft verdrängt. Als höflicher Gastgeber sagte ich dennoch: »Hey, Edgar, schön, dass du da bist. Mehr oder weniger schön. Was willst du?

»Tut mir leid, Luis, wenn ich in dein Allerheiligstes vordringe, aber ...« Er wandte sich an Maddy. »Ich habe hervorragende Neuigkeiten.«

»Du wanderst aus«, sagte ich.

»Ich werde im Fernsehen auftreten.«

»*Aktenzeichen XY ungelöst*, stimmt's?«, fragte ich.

»Ich werde am 13. Dezember im lokalen Nachrichtensender in deren Weihnachtssendung –«

»Sag bloß, du darfst dein Weihnachtsgedicht vortragen«, unterbrach Maddy ihn aufgeregt.

»Ja, sie mochten meinen ironischen Blick auf die kommenden Feiertage. Ich muss es allerdings ein wenig kürzen.«

»Tja, sie möchten wohl ein paar Zuschauer behalten«, bemerkte ich.

»Das sind großartige Neuigkeiten!«, rief Maddy. Ihre Augen leuchteten und blitzten. Und dann umarmte sie Edgar, einfach so, mitten in meinem Zimmer. Ich fand das unglaublich taktlos und unhöflich.

»Ich hoffe, mein unerwartetes Erscheinen macht dir nichts aus«, sagte Edgar, den Maddy immer noch umschlungen hielt.

»Kein bisschen«, behauptete ich. »Und an deiner Stelle würde ich Gedichte im Fernsehen lesen, bis alle um Gnade winseln. Wie auch immer, danke, dass du vorbeigeschaut hast. Tu es bitte nie wieder.«

»Wir sollten irgendwohin gehen und feiern«, sagte Maddy. »Ich komme später noch mal vorbei, um dir zu helfen, Luis. Du wirst deine Nummer doch überarbeiten, oder?«

»Nein«, sagte ich. »Ich werde lediglich noch etwas Jonglieren üben.«

»Wenn das so ist, komme ich später nicht mehr vorbei.« Maddy durchbohrte mich mit einem vernichtenden Blick. Erst als beide fort waren, wurde mir bewusst, dass Edgar am selben Tag wie ich im Fernsehen sein würde, am 13. Dezember.

21.15 Uhr

Schlimm genug, dass Maddy mir den Laufpass gegeben hatte. Aber dass sie jetzt nicht mal mehr über meine Witze lachte … das traf mich mitten ins Herz.

Ich vermute, dass sie immer noch sauer auf mich ist, weil ich sie als Elefantenfrau bezeichnet habe. Darum hat sie kein einziges Mal gelächelt und sich wegen des Jonglierens so aufgeführt. Aber ich werde es ihr schon zeigen. Ich werde der geschickteste, schnellste Jongleur aller Zeiten werden.

21.40 Uhr

Ich übte immer noch Jonglieren, als meine Eltern ins Zimmer stürmten. »Wir wollen kein bisschen neugierig sein«, begann

Mum (was natürlich bedeutet, dass sie es sind), »aber die Stimmung zwischen dir und Maddy schien heute Abend etwas angespannt zu sein.«

»Ich kann es dir ja verraten«, sagte ich und setzte mich ans Fußende meines Betts. »Die Sache ist die, dass Maddy und ich uns getrennt haben. Um genau zu sein, hat sie mit mir Schluss gemacht.« Ich fasste die unschönen Einzelheiten für sie zusammen.

»Warum hast du uns das nicht schon früher erzählt, du dummer Junge?«, sagte Mum und setzte sich neben mich aufs Bett. »Je mehr man etwas in sich reinfrisst, desto stärker belastet es einen. Habe ich recht?« Sie sah zu Dad, der an der Tür herumlungerte.

»Ganz und gar«, bestätigte er sofort.

Dann zwinkerte er mir kaum merklich zu. Es kann nicht länger als eine Millisekunde gedauert haben, aber irgendwie entging es Mums scharfen Augen nicht.

Sie schoss hoch und deutete anklagend auf Dad. »Sag bloß, du hast es schon gewusst?«

Dad sah so belämmert aus, dass ich fast gelacht hätte. »Ich muss gestehen, dass ich es mir gedacht hatte, und dann habe ich Luis darauf angesprochen …«

»Und warum hast du mir nichts davon gesagt?«, fragte Mum scharf.

»Weil ich Dad darum gebeten hatte«, sagte ich.

»Luis war noch nicht so weit, es dir zu sagen«, erklärte Dad.

»Aber er war so weit, es *dir* zu sagen«, stellte Mum fest. »Na, dann kann ich ja froh sein, dass ihr mich endlich in euer großes Geheimnis einweiht.«

»So war es nicht.« Dad ging zu ihr.

»Es ist nur so, dass du in letzter Zeit unheimlich beschäftigt warst«, sagte ich, »während Dad den ganzen Tag zu Hause herumhängt und Toast anbrennen lässt.«

»Früher hast du mir alles erzählt«, sagte Mum.

»Mum, ich bin jetzt ein Teenager, du kannst von Glück sagen, dass ich überhaupt mit dir rede.«

Da lächelte Mum mich an. »Wenn das so ist, bin ich froh, dass du dich wenigstens einem von uns anvertrauen konntest.«

»Dad hat mir sehr geholfen, weil er einfach ganz normal mit mir geredet hat«, erklärte ich.

»Das freut mich«, sagte Mum, klang aber nicht allzu erfreut. Dann stöhnte sie auf. »Als ich vorhin zu Maddy gesagt habe, wie glücklich ich wegen dir und ihr bin, da muss sie gedacht haben, dass ich spinne.«

»Keine Sorge, Mum«, meinte ich grinsend, »sie denkt sowieso, dass du spinnst.«

Plötzlich sah Mum Dad und mich an, als wären wir zwei ungezogene Jungs. »Ihr zwei werdet keine Geheimnisse mehr vor mir haben, dass das klar ist.«

Nun, Dad macht meine ganzen Hausaufgaben. Damit wäre Mum bestimmt nicht einverstanden. Wir lächelten sie einfach ganz unschuldig an.

Sonntag, 1. Dezember

11.05 Uhr

Mum und Dad sind schon dabei, hektisch das Haus zu putzen. Kann mir mal jemand erklären, wieso sie sich bei den Nachbarn, die sie überhaupt nicht leiden können, beliebt machen wollen?

11.50 Uhr

Elliot und ich wurden gezwungen, unsere Anzüge anzuziehen. Mum hat uns belehrt, was wir sagen müssen, während wir Tabletts mit Essen halten. »Ihr sagt: *Bitte bedienen Sie sich.*«

»Das schreibe ich mir besser auf, Mum, sonst vergesse ich es noch«, meinte ich.

»Wir möchten außerdem, dass ihr ein paar Drinks herumreicht«, erklärte Mum.

»Oh, ganz großes Kino.«

»Und ihr könnt ihnen höfliche Fragen stellen, beispielsweise nach ihren Plänen für Weihnachten«, sagte Mum.

»Aber die interessieren mich doch überhaupt nicht«, sagte ich.

»Mag sein, aber ihr müsst trotzdem so tun«, belehrte mich Mum.

»Kann es sein, dass Erwachsene ganz schön verlogen sind?«, fragte ich.

»Außerdem werden sie alle bis spätestens zwei Uhr wieder weg sein«, mischte Dad sich ein.

»Bis dahin sind wir vor Langeweile gestorben«, erklärte ich.

»Meint ihr nicht, dass wir dafür bezahlt werden sollten?«, fragte Elliot.

13.10 Uhr

Die Nachbarn kamen zu früh. Ganze zwanzig Minuten zu früh. Mum und Dad hatten so viel Zeit damit verplempert, Elliot und mich präsentabel zu machen für diese Leute, die sie nicht mal leiden konnten, dass sie selbst noch nicht fertig waren.

»Jungs«, rief Mum, »ihr müsst die Tür öffnen. Sagt ihnen, dass wir gleich so weit sind. Macht schon.«

Ich verbeugte mich. »Ihr gehorsamster Diener, Ma'am. Komm, Elliot – jetzt sind zwei Stunden gekünsteltes Lächeln angesagt.«

»Wir müssten echt dafür bezahlt werden«, murmelte er und polterte hinter mir die Treppe hinunter.

Draußen wehte ein so starker, eisiger Wind, dass er die vier Nachbarn ins Haus zu fegen schien. Zuerst kam eine zierliche Frau in einem schwarzen Kleid mit weißen Punkten und den unglaublichsten blauen Haaren, die ich je gesehen habe. Sie trug ein blaues Band im Haar, was sie wie eine mürrische, ältliche Puppe aussehen ließ. Neben ihr stand ein riesiger Bär von einem Mann in einem eng sitzenden braunen Anzug.

Direkt hinter ihm lauerten Mr und Mrs Pferdegebiss. Mr Pferdegebiss' Schneidezähne waren so riesig, dass sie seinen Mund zu sprengen schienen. Als er Hallo sagte, klatschte er dabei in die Hände. (Ich wette mit dir, dass er auf Hochzeiten immer der Erste ist, der das Tanzparkett stürmt.) Er hielt sich offensichtlich für einen tollen Kerl. Seine Frau war mit so vielen Halsketten und Armbändern behängt, dass ich mich fragte, wieso sie nicht unter dem Gewicht zusammenbrach.

»Ah, du musst Elliot sein«, sagte Mrs Blauhaar zu mir und klang dabei, als wäre sie die Bürgermeisterin, die Preise und Urkunden überreicht.

»Eigentlich bin ich Luis«, sagte ich. »Der coolere von uns. Das da ist Elliot. Aber Sie können ihn Zwerg nennen.«

Elliot versetzte mir einen Hieb, dann grinste er wie ein übertrieben freundliches Hündchen in die Runde.

»Ach ja, natürlich«, sagte Mrs Blauhaar unbestimmt. »Ist ja nett, euch junges Volk kennenzulernen.« (Es klang, als wären wir Kobolde.) Dann fing sie an, sich neugierig umzublicken. »Wo sind denn eure Eltern? Ist mit ihnen alles in Ordnung?«, zischelte sie verschwörerisch.

»Absolut. Mum und Dad wissen, dass Sie kommen, und werden gleich die Treppe runtersausen …« In dem Moment sah ich zu meiner großen Erleichterung, dass Mum erschien.

»Tut mir leid«, sagte Mum zu ihren Gästen.

»Nein, wir sind zu früh dran«, rief Mrs Pferdegebiss.

»Stimmt«, sagte Elliot laut und alle Blicke hefteten sich auf ihn. »Was habe ich denn gesagt?«, flüsterte er mir zu. »Sie sind wirklich zu früh gekommen.«

Wieder entstand eine Pause, als Dad auf der Bildfläche erschien. Er lächelte breit. »Hey, alle miteinander, herzlich willkommen. Wie geht es Ihnen?«

»Die Frage ist wohl eher, wie es Ihnen geht«, sagte Mrs Pferdegebiss. Dabei machte sie ein Gesicht, als würde sie jemanden am Krankenbett besuchen. »Wir haben gehört, was Ihnen passiert ist«, sagte sie und wurde dabei immer leiser.

»Ach, nun ja, es passiert doch jetzt ständig, dass Arbeitskräfte eingespart werden«, sagte Dad forsch.

»Es kann aber nicht leicht für Sie sein«, beharrte Mrs Pferdegebiss.

Dad schluckte schwer. »Es ist für uns alle ein neues Abenteuer.«

»Was für ein Glück, dass Ihre bessere Hälfte dafür sorgt, dass der Rubel weiterrollt«, sagte Mr Pferdegebiss und entblößte dabei seine gigantischen Beißerchen.

»Ach, es ist heutzutage gar nicht so ungewöhnlich, dass man mal die Rollen tauscht«, wiegelte Mum ab.

»Ist es das?«, fragte Mrs Blauhaar und klang dabei so ungläubig, wie es nur möglich war. »Also, bei uns würde das nicht funktionieren.« Sie schaute ihren Mann an. »Aber du wirst ja auch ständig befördert, nicht wahr? Ohne dich hätte deine Firma längst dichtmachen können. Sie werden dich niemals vor die Tür setzen.« Dann schenkten beide Dad das breiteste, selbstgefälligste Lächeln, das ich je gesehen hatte, als wollten sie sagen: *Im Gegensatz zu Ihnen, Sie Oberloser.*

War denn das zu fassen? Die Blauhaare und die Pferdegebisse wollten Gratisgetränke und Essen abstauben und hatten dabei nichts Besseres zu tun, als Dad abzukanzeln.

Das allein hätte mich schon in Rage versetzt. Aber da ich jetzt so viel Zeit mit Dad verbrachte, fühlte es sich für mich so an, als würden sie einen Kumpel von mir mobben. Und sie waren noch lange nicht fertig. »Ich bin sicher, dass die Jungs sich freuen, mehr von Ihnen zu haben«, sagte Mrs Pferdegebiss. »Obwohl sie sicher auch ihre Mutter vermissen.«

»Oh, sie sehen mich oft genug«, erwiderte Mum scharf.

»Wirklich?«, murmelte Mrs Pferdegebiss.

»Es spielt ja keine Rolle, wer die Rechnungen bezahlt – Hauptsache, sie werden überhaupt bezahlt«, meinte Mrs Blauhaar.

Dad fiel das Lachen aus dem Gesicht.

»Da Sie ja nun die Hausfrau sind«, sagte Mr Pferdegebiss und lachte dabei wieder auf seine unkomische Art, »werden wir nachher mal inspizieren, wie gründlich Sie abgestaubt haben. Meine Frau kann Ihnen Punkte auf einer Skala von eins bis zehn geben. Na, wie wäre das?«

Dad blieb kurz die Luft weg. Es war, als hätten unsere Gäste ein Vakuum erzeugt.

Wie konnten diese Leute es wagen, sich über Dad lustig zu machen? Dafür war ich zuständig, nicht sie. Damit überschritten sie eine Grenze. Irgendwie gelang es Dad, ruhig zu bleiben. Aber ich wusste, dass ihre spitzen Bemerkungen ihn zutiefst verletzten.

Ich glaube, Mum bemerkte es auch, denn sie warf ein: »Wieso stehen wir eigentlich alle im Flur herum? Gehen Sie doch schon mal ins Wohnzimmer und machen Sie es sich gemütlich. Wir und unsere flinken jungen Kellner werden Ihnen gleich die Getränke und das Essen servieren.«

In der Küche schäumten Mum und Dad lautlos vor Wut, sagten aber kein Wort. Mum reichte Elliot und mir nur jeweils eine Platte mit Essen. »Sagt ihnen, dass wir gleich noch mehr bringen und sie nach ihren Getränkewünschen fragen.«

Im Flur zischte ich Elliot zu: »Sind diese Nachbarn nicht das Allerletzte?«

Elliot flüsterte zurück: »Ich hätte lieber vier riesige, schnarchende Dinosaurier im Haus als diese Leute. Das sind die mit Abstand abscheulichsten und ungezogensten Nachbarn, die wir je hatten.«

»Worauf wartet ihr, Jungs?«, rief Mum aus der Küche. »Geht und reicht die Häppchen herum.«

»Okay, das machen wir«, raunte ich Elliot zu. »Aber ich finde, es ist Zeit, unseren Nachbarn eine Lektion zu erteilen.« Dann weihte ich ihn in meinen Plan ein, bis er sich vor Lachen kaum noch halten konnte.

»Pssst«, zischte ich. »Mum und Dad dürfen nicht mitbekommen, was wir vorhaben. Aber hinterher werden sie es uns bestimmt danken«, fügte ich etwas optimistisch hinzu.

Mein unsichtbarer Freund

13.20 Uhr (Fortsetzung)

Zunächst reichten Elliot und ich brav die Häppchen herum, wie man es uns aufgetragen hatte. Mrs Blauhaar musterte besorgt die leckeren Snacks. »Wir sind beim Essen nicht pingelig«, sagte sie, »aber von stark gewürzten Speisen bekommen wir Beschwerden. Wenn ich mir das so ansehe, verzichte ich lieber. Wir müssen auf unsere Verdauung achten.«

»Vielleicht möchten Sie stattdessen ein paar Magentabletten«, schlug ich vergnügt vor. »Ich kann Ihnen welche auf den Teller hauen …«

»Nein danke«, sagte sie bestimmt.

Ich nickte zweimal, um Elliot das geheime Signal zu geben. Mein Plan sah vor, es diesen Nachbarn heimzuzahlen, dass sie so gemein zu meinem armen Dad gewesen waren, indem wir sie total in Verlegenheit brachten. Ich wusste nicht, was Elliot und ich genau machen würden. Wenn das ein Schulfach wäre, würde es Improvisationstheater heißen.

Elliot stieg sofort ein. Er fragte Mrs Pferdegebiss: »Möchten Sie wissen, was ich gerade gemacht habe?«

»Ja, mein Junge, sag es mir«, meinte Mrs Pferdegebiss mit nachsichtigem Lächeln. »Kinder werden bei mir immer sehr zutraulich«, fügte sie an niemand Bestimmten gewandt hinzu. »Das ist ein Talent von mir.« Elliot schaute sich um, als wäre er verunsichert. Das Lächeln von Mrs Pferdegebiss wurde richtig anbiedernd. »Nun sei nicht so schüchtern, Schatz.«

Da rief er: »Ich habe gerade eine riesige Wurst gekackt, die war unglaublich.«

Vor Entsetzen fielen Mrs Pferdegebiss schier die Augen raus und der Mund klappte ihr auf. Mr und Mrs Blauhaar bekamen verschrumpelte Gesichter, so sehr ekelten sie sich.

»Hast du aber ein Glück, Elliot«, improvisierte ich mit. »Ich bin seit Tagen verstopft. Wenn es bei mir so weit ist, befürchte ich die reinste Kackexplosion.«

»Wir werden alle Fenster aufreißen müssen, um den Gestank loszuwerden«, sagte Elliot. Dann lachten wir beide aus vollen Kehlen, während alle uns mit aufgerissenen Augen anstarrten.

»Ich halte das wirklich für kein geeignetes Gesprächsthema«, sagte Mrs Blauhaar schließlich.

»Aber wieso denn nicht?«, fragte Elliot unschuldig lächelnd. »Wir tun es doch alle.«

»Außer mir«, sagte ich betrübt. »Ich kann mal wieder in die Röhre gucken.« Ich wandte mich an Mrs Blauhaar. »Wie ist es bei Ihnen? Können Sie regelmäßig aufs Klo?«

»Also wirklich!«, entsetzte sich Mrs Blauhaar.

»Ihr solltet mal lieber das Thema wechseln, Jungs«, sagte Mr Pferdegebiss.

Ich nickte. »Ich war sehr unhöflich.«

»Allerdings«, sagte Mrs Blauhaar bestimmt.

»Ich habe Ihnen nämlich die andere Person im Raum noch gar nicht vorgestellt. Sie wundern sich sicher schon, wer er ist.«

Die Nachbarn sahen sich so verwirrt um, dass ich fast losgelacht hätte. Aber es war jetzt ganz wichtig, ernst zu bleiben.

»Hier ist sonst niemand«, behauptete Mrs Blauhaar.

»Doch, da ist jemand, aber er ist ein bisschen schüchtern. Er drückt sich an der Tür herum.«

Die Nachbarn waren näher zusammengerückt, als gälte es, sich gegen diesen verrückten Jungen zu verbünden, der Leute sah, die nicht da waren.

»Darf ich vorstellen«, sagte ich großspurig: »Das ist Felix – mein unsichtbarer Freund.«

»Dein was?«, bellte Mr Blauhaar.

Aber Mrs Pferdegebiss schwärmte mit ihrer kleinen Zwitscherstimme: »Was Kinder sich immer für witzige Spiele ausdenken, nicht wahr?«

»Möchten Sie Felix kennenlernen?«, fragte ich.

»Aber ja doch«, gurrte sie.

»Dann kommen Sie her.« Ich führte sie in die Mitte des Zimmers, als würden wir Blindekuh spielen. »Felix steht direkt vor Ihnen.«

Mrs Pferdegebiss wedelte mit den Händen. »Ich freue mich ja so –«

»Tut mir leid«, unterbrach ich sie. »Er ist gerade gegangen.«

»Oh.« Mrs Pferdegebiss klang tatsächlich enttäuscht.

»Ich lasse es Sie aber wissen, falls er wiederkommt«, versprach ich.

Plötzlich zeigte Mr Blauhaar entsetzt auf Elliot. »Was tust du da, Bursche?«

Elliot kaute auf seinem Hemd herum. Das war so aberwitzig, dass ich direkt stolz auf ihn war. Kein Wunder, dass Mrs Pferdegebiss Augen so groß wie Untertassen bekam.

»Das tut er leider sehr oft«, sagte ich leise.

»Aber wieso?«, fragte Mr Pferdegebiss. »So schlecht kocht dein Vater doch hoffentlich nicht.« Er lachte aus schierer Verzweiflung.

»Dieses Hemd schmeckt nicht so gut wie die anderen«, jammerte Elliot.

»Wie die anderen«, wiederholte Mrs Pferdegebiss mit ersterbender Stimme.

»Gestern hat er eine komplette Kerze verspeist«, sagte ich.

»Hm, die war lecker«, sagte Elliot und leckte sich genüsslich die Lippen, bevor er lautstark rülpste.

»Das ist ja ein Irrenhaus«, flüsterte Mrs Blauhaar deutlich hörbar ihrem Mann zu. Genau da erschienen Mum und Dad gekünstelt lächelnd mit Tabletts, die sich unter dem dampfenden Essen bogen.

»Tut mir leid, dass es so lange gedauert hat«, sagte Mum. »Ich hoffe, dass Luis und Elliot sich gut um Sie gekümmert haben. Lassen Sie es sich schmecken.«

»Und was möchten Sie gerne trinken?«, erkundigte sich Dad.

Doch keiner antwortete. Sie standen alle nur da mit vor Schreck und Entsetzen weit aufgerissenen Augen.

»Haben die Jungs Sie gut unterhalten?«, fragte Dad.

Mrs Blauhaar schnaubte und Mrs Pferdegebiss sagte kaum hörbar: »Luis hat uns seinen unsichtbaren Freund vorgestellt.«

»Seinen was?«, fragte Mum entgeistert und warf mir einen bösen Blick zu.

Ich wusste, dass wir lieber die Kurve kratzen sollten. »Ja, dann unterhalten Sie sich noch prächtig. Kommt, Elliot – und Felix.«

Natürlich würde das noch ein Nachspiel haben, aber das war Elliot und mir im Moment schnurzegal. Wir hatten den buckligen Nachbarn heimgezahlt, dass sie versucht hatten, Dad zu demütigen.

Oben angelangt, brachen Elliot und ich in Lachen aus und wollten gar nicht mehr aufhören. Ich wette, auch Felix amüsierte sich irgendwo ganz köstlich.

Ich werde mal kurz zum Streber

13.45 Uhr

Eigentlich war vorgesehen, dass die Nachbarn bis mindestens zwei Uhr bei uns herumhängen. Doch sie räumten das Haus schon viel früher. In meinen Augen ein voller Erfolg. Mum und Dad hätten uns dankbar sein sollen.

Doch dann rief Mum gellend, dass Elliot und ich runterkommen sollten. Sie klang dabei kein bisschen dankbar.

Und sie war es auch nicht.

Mit finsteren Mienen standen Mum und Dad uns in der Küche gegenüber.

Dad sagte ernst: »Es kommt nicht oft vor, dass wir uns wegen euch schämen.«

»Das ist gut zu wissen«, sagte ich.

»Was ist heute nur in euch gefahren?«, donnerte Mum. »Und das unseren Gästen gegenüber! Was sollte der ganze Unsinn über einen unsichtbaren Freund?«

Elliot unterdrückte ein Kichern.

»Und dann hast du auch noch angefangen, dein Hemd zu essen«, sagte Dad zu Elliot.

»Megapeinlich«, frohlockte ich.

Elliot bebte, während er lautlos in sich hineinlachte.

»Dann hast du sie auch noch gefragt, ob sie regelmäßig Stuhlgang haben«, sagte Mum.

»Nein, das war eigentlich ich«, fing ich an. Elliot und ich konnten uns nicht mehr beherrschen und brachen in unhaltbares Gelächter aus.

»Das ist *nicht* witzig«, schrie Mum.

»Das ist überhaupt nicht witzig«, meinte auch Dad. »Also hört auf zu lachen.«

Endlich gelang es Elliot und mir, angemessen ernst dreinzuschauen.

»Nachdem ihr gegangen wart, herrschte eine entsetzliche Atmosphäre«, sagte Mum.

»Die Stimmung war vorher auch nicht gerade bombig«, meinte ich.

»Ihr wusstet, wie wichtig deinem Vater und mir dieses kleine Zusammentreffen war. Wir hatten euch lediglich darum gebeten, angenehme und höfliche Konversation zu machen«, betonte Mum.

»Wenn man nichts Höfliches zu sagen hat, hält man besser den Mund«, meinte Dad.

»Du meinst, man soll sich mit Pantomime verständigen«, sagte ich.

»Luis«, rief Mum mit drohendem Unterton.

»Schau mal, Mum«, erklärte ich, »Elliot und ich wären die wohlerzogensten Jungs der Welt gewesen, wenn …« Ich zögerte.

»Wenn was?«, erkundigte sich Mum ungehalten.
»Wenn sie nicht so fies zu Dad gewesen wären.«
»Sie waren nicht direkt fies«, fing Mum an.
»Hey, Mum, und ob sie das waren.«
»Sie waren fieser als Saurier«, fügte Elliot hinzu.
»Das hat uns total wütend gemacht«, sagte ich leise.

Einen Moment lang sah Dad Elliot und mich an, und ich dachte, er würde sagen: »Gut gemacht.« Doch stattdessen sagte er: »Das ist keine Entschuldigung, Jungs. Ihr habt uns heute enttäuscht.«

»Und jetzt geht hoch in eure Zimmer«, befahl Mum. »Denkt über euer schlechtes Benehmen nach. Ihr dürft erst wieder runterkommen, wenn euch leidtut, wie ihr euch aufgeführt habt.«

»Dann werden wir ganz schön lange oben bleiben«, sagte ich.

»Tut mir leid, dass es mir nicht leidtut«, fügte Elliot hinzu.

Beim Weggehen wandte ich mich an Dad: »Sie haben nur deswegen versucht, dich runterzuputzen, weil sie so eine schlechte Meinung von sich selbst haben. Am besten wäre es, sie einfach zu ignorieren und –«

»Das reicht«, unterbrach Mum.

Aber Dad schien erstaunt zu sein über das, was ich da gerade von mir gegeben hatte. Für einen Jungen, der in jedem Fach der schlechteste in seiner Klasse ist, bin ich manchmal erstaunlich weise.

18.20 Uhr

Heute Nachmittag wütete ein schrecklicher Sturm. Er hat sogar unsere Antenne vom Dach gefegt, sodass wir eine Weile von der Zivilisation abgeschnitten waren.

Der Wind heulte immer noch wütend ums Haus, als Dad rausging und versuchte, die Schüssel wieder zu befestigen. Er rief nach Elliot und mir, dass wir ihm helfen sollten, dabei hatten wir immer noch Stubenarrest.

Dad stieg dann die Leiter hoch, die Elliot und ich festhielten (und die furchtbar herumschwankte). Er brauchte ziemlich lange, aber schließlich gelang es ihm, die Antenne wieder in die Halterung zu stecken.

Das war jedoch kein Grund zum Feiern, denn eine Nachbarin, die Mum manchmal besucht – die uralte Mrs Gladwell –, hatte angerufen und gesagt, dass ihre Antenne auch neu befestigt werden müsste. Also gingen Dad, Elliot und ich mit unserer treuen Leiter auch noch zu ihr rüber. Eine weitere erfolgreiche Mission.

Mrs Gladwell sagte, sie wäre uns unendlich dankbar, denn nun würde sie *Kunst & Krempel* nicht verpassen. Sie bewirtete uns mit Tausenden von Marmeladentörtchen und Würstchen im Schlafrock.

Ich war direkt enttäuscht, dass sonst niemand seine Antenne von uns montiert haben wollte. Ich glaube, so ging es auch Dad, denn er sagte immer wieder, was für ein tolles Team wir drei wären. Und weder er noch Mum erwähnten noch mal, was beim Mittagessen passiert war.

Montag, 2. Dezember

13.30 Uhr

Godzilla hat gerade die Geschichtsaufsätze zurückgegeben. Er ließ mich nach vorne kommen. Ich dachte, Dad hätte den Aufsatz irgendwie verbockt, da er ein bisschen aus der Übung war. Doch dann öffnete ich mein Heft und war völlig baff über das, was ich sah.

Eine solche Note hatte noch nie eine meiner Arbeiten geschmückt.

Da glänzte, glitzerte und schillerte eine glatte Eins. Ich war stolz wie Bolle.

Na ja, gut, ich hatte im Grunde kein einziges Wort davon geschrieben – aber ich hatte es hervorragend abgeschrieben. Das musste auch honoriert werden. Und Dad und ich haben die gleichen Gene. Es bleibt also alles in der Familie, würde ich sagen.

Godzilla sagte zu mir: »Dieses Thema beherrschst du jetzt aus dem Effeff, nicht wahr?«

Ich bemühte mich, intelligent dreinzuschauen, was für mich keine leichte Übung ist.

»Deine Analyse der globalen Situation war besonders tiefschürfend«, führte er weiter aus.

»Ja, nun, die globale Situation interessiert mich sehr. Sie ist einfach total … interessant.« Meine Stimme erstarb. Ich wusste ja selber nicht, was ich da für einen Unsinn faselte.

Egal, Hauptsache, ich habe eine Eins bekommen. Ich bin ein Streber. Ich hätte es nie für möglich gehalten, dass ich diese zwei Sätze jemals schreiben würde.

17.10 Uhr

Als ich heimkam, skypte Dad vergnügt mit einem schlau aussehenden Typen, den ich nicht kannte.

Ich dachte: Schön zu sehen, wie Dad mit seinen Freunden abhängt.

Aber hinterher wirkte er nicht so, als hätte das Gespräch ihm gutgetan.

»Wer war das?«, fragte ich.

»Jemand, den ich mal eingestellt hatte«, murmelte Dad. »Ich dachte, im Gegenzug könnte er mir jetzt eine Stelle geben.«

Das kam unerwartet. »Willst du wieder arbeiten gehen?«

»Oh ja«, sagte Dad. »Dieses Arrangement war nur vorübergehend.« Das hörte ich zum ersten Mal.

»Bleibt Mum dann wieder daheim?«

»Nein, nein, wir werden wahrscheinlich eine Haushaltshilfe suchen«, sagte er vage.

»Und wann fängst du an, für den Kerl auf Skype zu arbeiten?«, fragte ich.

Dad runzelte die Stirn. »Er hätte mich sehr gern in seinem Team, aber das Budget gibt es momentan leider nicht her.«

»Trotzdem ist es gut, dass er dich gerne in seinem Team hätte.« Wie immer versuchte ich, die positive Seite hervorzuheben.

Dad nickte, sah dabei aber trotzdem wie der traurigste Mensch auf Erden aus.

Aber ich wusste, wie ich wieder etwas Sonne in sein Leben bringen konnte.

»Sieh und staune.«

»Was ist das?«, begann Dad. Dann sah er die Eins und vergaß auf der Stelle seinen Kummer über den Kerl auf Skype.

»Wir haben eine Eins?«, sagte er.

»Na und ob, Dad. Niemand außer uns hat eine Eins für diesen Aufsatz bekommen. Godzilla sagte im Übrigen, es sei ein besonders anspruchsvolles Thema.«

»So einen Aufsatz habe ich seit Jahren nicht mehr geschrieben, darum hatte ich befürchtet, mein Stil könnte etwas unmodern geworden sein«, gestand Dad.

»Nein, du hast es immer noch drauf, Dad«, versicherte ich. Er freute sich so sehr, dass auch ich ein warmes Gefühl im Bauch bekam. Dann fragte ich: »Wie bist du in Französisch und Englisch?«

»Ich glaube, ziemlich gut«, sagte Dad.

Ich ließ die Liste mit meinen Hausaufgaben einladend auf dem Tisch liegen.

19.02 Uhr

Zum Abendessen trug Dad einen fragwürdigen Eintopf auf. Er sagte, er hätte das Rezept aus dem Internet. Er schien alles hineingetan zu haben, was er finden konnte, einschließlich seiner abgeschnittenen Zehennägel.

»Wer kann da noch behaupten, ich könnte kein leckeres Essen auftischen?«, sagte Dad.

»Wir«, murmelte Elliot, nachdem er den ersten Löffel gekostet hatte. Er sah mich Hilfe suchend an.

Elliot hatte recht, der Eintopf war absolut ungenießbar. Doch ich empfand Dad gegenüber in letzter Zeit eine seltsame Verbundenheit. Darum gelang es mir, ein paar Löffel hinunterzuwürgen. Es war, als würde man schleimige Medizin schlucken, nur nicht so lecker.

Dann erzählte uns Dad, dass er den Eintopf auf Vorrat gekocht hatte. Es gab also noch viel mehr davon! Wir schauderten alle drei in blankem Entsetzen.

»Ich werde dahinsiechen und verhungern«, flüsterte Elliot.

Jetzt machte Mum den Mund auf. »Du hast es vielleicht ein klein wenig verkocht.« Es war das erste Mal, dass sie an Dads Kochkünsten etwas auszusetzen hatte. »Könnten wir vielleicht morgen etwas anderes bekommen?«

Dad nickte nur verdrießlich. Ich glaube, ihm hängen die ganze Kocherei, das Putzen und Einkaufen komplett zum Hals raus. Er erledigt immer noch alles, aber nicht mehr mit der gleichen wilden Begeisterung wie zu Anfang. Jetzt hat er bei der Hausarbeit immer diesen Blick, der in weite Ferne zu gehen scheint. Es ist der gleiche Blick, den ich in der Schule in jeder einzelnen Stunde habe. Egal, es ist ja nur noch eine Frage von Tagen, bis er wieder arbeiten gehen kann.

Dienstag, 3. Dezember

18.45 Uhr

Heute Abend verkündete Dad: »Ich habe für euch alle eine seltene Delikatesse zubereitet. Etwas ganz Besonderes.«

Elliot kicherte.

»Ich hoffe nur, ich habe es nicht zu sehr verbrannt.«

»Soll heißen, genau das hat er«, zischte Elliot.

Doch dann servierte Dad Bohnen auf Toast, während er so seltsam lachte, dass weder Elliot noch ich etwas sagten.

Schließlich sprang Mum auf. »Bohnen auf Toast – was für eine tolle Idee und sehr gehaltvoll. Ich mache nur schnell einen Salat dazu.«

20.10 Uhr

Maddy hat mir eine sehr seltsame SMS geschickt – die erste seit Samstagabend. Da stand einfach nur:

Hast du das Jonglieren schon aufgegeben?

Ich schrieb genauso knapp zurück:

Nein, denn ich werde immer besser.

Nimm das!, dachte ich. Am Samstagabend hat sie mich tierisch genervt, wie sie mit versteinertem Gesicht dasaß und diesen ganzen Mist über ihr Vetorecht verzapfte. Jetzt habe ich ihr gezeigt, wer hier das Sagen hat.

20.30 Uhr

Du wirst nicht glauben, was Maddy getan hat.

Hier, lies selbst:

Luis, du hast dich verändert. Du bist unheimlich eingebildet geworden und lässt dir von mir keine Ratschläge mehr geben. Darum werde ich am 13. Dezember nicht mit dir ins Fernsehstudio gehen. Ich werde lieber meinen anderen Klienten begleiten.

Ich werde versuchen, mich an die guten Zeiten mit dir zu erinnern.

Maddy.

20.34 Uhr

Gerade als ich meine ersten Schritte in Richtung Ruhm mache, führt Maddy sich so auf – wegen nichts.

20.50 Uhr

Hier meine bemerkenswert zurückhaltende Antwort:

Es tut mir sehr leid, dass du mich am 13. Dezember nicht begleiten wirst. Aber nicht ich habe mich verändert, Maddy, sondern du.
Auch ich werde versuchen, an die guten Zeiten mit dir zu denken.
Luis

Maddy, die Retterin

Mittwoch, 4. Dezember

Ich habe einen neuen Freund gefunden.

Er hat genau wie ich einen zwiebelförmigen Kopf und auch seine Ohren stehen so weit ab wie meine. Aber er ist blond und hat sehr dunkle Augen. Vor allem aber ist er saukomisch. Sogar fast so komisch wie ich. Er hat nur einen klitzekleinen Fehler.

Er ist unsichtbar.

Nun ja, niemand ist vollkommen. Er heißt übrigens Felix. Ganz richtig, es ist der unsichtbare Freund, den ich mir für unsere Nachbarn ausgedacht habe. Er ist wieder da und macht die Schulstunden für mich erträglicher.

Machst du dir jetzt etwa Sorgen um mich? Das brauchst du nicht. Es ist ja nicht so, dass ich bei Tisch einen Platz für Felix decke und mit ihm spazieren gehe und mich dabei mit ihm unterhalte. Und ich weiß natürlich, dass er nur in meiner Einbildung existiert. Er ist optisch benachteiligt. (Diese Formulierung gefällt Felix besser als »unsichtbar«.)

Donnerstag, 5. Dezember

Heute hat mich im Flur eine Lehrerin angelächelt. Das ist ein äußerst seltenes historisches Ereignis, das kannst du mir glauben. Mrs Mack, die Englischlehrerin, sagte: »Luis, ich habe gerade deinen Aufsatz über *An Inspector Calls* gelesen und habe zum ersten Mal das Gefühl, dass ich dir etwas beibringen konnte.« Dann tänzelte sie regelrecht zu ihrer nächsten Unterrichtsstunde. Sie ist unheimlich aufgeblüht, seit Dad meine Hausaufgaben macht.

Freitag, 6. Dezember

19.00 Uhr

Nur noch eine Woche bis zur Ausstrahlung von *Kids mit Biss.* Also habe ich Felix gerade meine Nummer vorgeführt.

Er hat kein einziges Mal gelächelt.

Wenn man es nicht einmal mehr schafft, seinen unsichtbaren (äh … optisch benachteiligten) Freund zu unterhalten, dann ist es denkbar schlecht um einen bestellt.

Das ist echt nicht fair, denn ich habe die ganze Woche Jonglieren geübt. Und stell dir vor, ich bin immer noch total mies darin. Das wird mir jetzt klar. Maddy hat recht. Ich hasse es, das schreiben zu müssen. Aber es ist nun mal wahr. Meine ganze Nummer ist ein absolutes, komplettes DESASTER.

Was soll ich nur machen?

19.09 Uhr

Immer, wenn es in Gotham City Schwierigkeiten gibt, schickt Hauptkommissar Gordon einen Hilferuf an Batman. Wenn ich in Schwierigkeiten bin, nehme ich mein Handy und schicke einen Hilferuf an Maddy.

19.10 Uhr

Es könnte sein, dass sie gleich wieder auflegt. Nun, in dem Fall versuche ich es eben immer weiter. Ich habe ihre Hilfe noch nie so dringend benötigt wie jetzt.

19.14 Uhr

Maddy hat nicht aufgelegt. Ich ließ sie erst gar nicht dazu kommen. Nachdem sie abgehoben hatte, ertränkte ich sie sofort in einem Schwall von Worten. »Maddy, ich will dir nur sagen, wie unendlich leid es mir tut. Das sage ich so lange, bis es dir langweilig wird. Es tut mir leid, leid, leid, leid … ist dir schon langweilig?«

»Nein, noch nicht«, sagte Maddy. Sie klang ein klein wenig erheitert.

»Okay, es tut mir leid, leid, wahnsinnig leid, unendlich leid, unfassbar leid … Ich kann es auch singen, wenn du magst.«

Ich legte gleich los: »Maddy, es tut mir so leid, leid, leid …«

»Hör um Gottes willen auf«, rief sie. »Du hast eine entsetzliche Singstimme. Aber was tut dir denn überhaupt leid?«

»Das mit dem Jonglieren.«

»Ach so. Weißt du was, ich wünsche mir so sehr, ich hätte nicht immer noch dieses Bild im Kopf, wie du jonglierst.«

»Das kann ich voll und ganz verstehen. Ich bin der schlechteste Jongleur der Welt, nicht wahr?«

»Daran besteht nicht der mindeste Zweifel.«

»Aber ich dachte … Ich weiß eigentlich gar nicht, was ich

dachte. Aber jetzt kann ich meine ganze Nummer in die Tonne treten. Und in nur einer Woche trete ich im Fernsehen auf. Das ist die größte Chance meines Lebens. Maddy, könntest du herkommen?«

»Wann?

»Jetzt.«

»Okay«, sagte sie und legte auf.

19.25 Uhr

Kein Superheld hätte Maddy toppen können. Ich hatte kaum aufgelegt, da war sie schon da.

»Tausend und abertausend Dank«, sagte ich.

»Ich hatte sowieso gerade nichts zu tun«, erwiderte sie.

Als wir in meinem Zimmer waren, erklärte ich: »Die ganze Zeit dachte ich, meine Nummer wäre der Hammer. Aber heute Abend –«

»Was ist passiert?«, fragte Maddy dazwischen.

»Felix hat überhaupt nicht gelacht.« Der Name war mir versehentlich rausgerutscht.

Maddy wurde sofort hellhörig. »Wer ist Felix?«

»Das ist eine gute Frage, die ich gleich beantworten werde«, sagte ich, schwieg dann aber lieber.

»Na mach schon, erzähl es mir«, beharrte sie.

»Na gut, er ist eine Art Junge aus meiner Klasse, aber irgendwie auch nicht, denn außer mir kann ihn niemand sehen.«

Maddy sah mir zum ersten Mal an diesem Abend direkt ins Gesicht. »Willst du damit sagen, dass er ein unsichtbarer Freund ist?«

»So könnte man ihn nennen, ja.«

Jetzt schaute sie nicht mehr nur, sie starrte mich ungläubig an. »Und du redest mit ihm.«

»Nicht laut, ich bin ja nicht total verrückt.« Ich lachte leicht verunsichert. »Aber in meinem Kopf kann ich ihn hören. Er ist sogar irre witzig.«

»Ach ja?«, sagte Maddy sanft. Sie lächelte jetzt. »Hattest du schon mal einen unsichtbaren Freund?«

»Noch nie, und den hier habe ich erst seit Mittwoch. Er ist plötzlich in der Schule aufgekreuzt und wir waren sofort auf einer Wellenlänge. Was rede ich da? Du willst doch bestimmt nichts über ihn wissen.«

»Doch, das will ich«, sagte Maddy.

»Hör mal, ich habe keinen an der Waffel, falls du das denkst.«

Maddy stand auf. »Du redest mit ihm und er antwortet dir?«

»Ich weiß doch, dass er das nicht wirklich tut«, verteidigte ich mich. »Also vergiss ihn einfach.«

»Nein, das tue ich nicht«, sagte Maddy, die plötzlich ganz aufgeregt aussah. »Denn er ist genau das, was wir brauchen.«

Ich kapierte immer noch nicht, was sie meinte.

Sie hob die Stimme. »Er wird aus deiner Nummer etwas Besonderes machen, denn du wirst der erste Komiker aller Zeiten sein, der mit einem unsichtbaren Freund auf die Bühne kommt.«

»Aber niemand wird ihn sehen«, gab ich zu bedenken.

»Das ist egal, denn die Zuschauer werden ihn durch deine Augen sehen. Du wirst alles, was er sagt, für sie wiederholen.« Sie machte eine Pause. »Du hast doch gemeint, er sei witzig?«

»Ich finde schon.«

»Großartig. Ihr könnt gemeinsam Witze erzählen. Ich möchte, dass du mir jetzt deine alte Nummer vorspielst, dabei aber von Felix unterbrochen wirst. Sprich in deiner normalen Stimme«, fuhr sie fort, »aber dann lass Felix dazwischenreden. Seine Stimme soll völlig anders klingen als deine. Kannst du parodieren?«

»Ich kann super Captain Jack Sparrow nachmachen.«

»Dann wird Felix jetzt genau wie er klingen«, beschloss sie.

Also rasselte ich wie üblich ein paar Witze runter. Dann rief ich in meiner besten Captain-Jack-Sparrow-Stimme: »Hier ist Felix, der optisch benachteiligte Freund von Luis. *Ein kleiner Tausendfüßler kommt heulend nach Hause. ›Was ist denn passiert?‹, fragt seine Mum. ›Jemand ist mir auf den Fuß getreten!‹ ›Auf welchen?‹ ›Weiß ich nicht‹, plärrt der Kleine. ›Ich kann doch erst bis hundert zählen.‹*« Als ich Maddy herzhaft lachen sah, sagte ich in meiner normalen Stimme: »Hey, lachst du über die Witze von Felix etwa mehr als über meine?«

»Das ist super«, rief Maddy. »Lass das in der Nummer. Übrigens liebe ich Felix' Stimme. Sie ist perfekt.«

Also machte ich genauso weiter, indem ich erst ein paar Witze erzählte und dann Felix dazwischenfunken ließ, der versuchte, meine Witze mit seinen eigenen Gags auszustechen.

Ich weiß, das hört sich verrückt an.

Es *ist* verrückt.

Aber es hat wirklich funktioniert. Es war frisch und ungewöhnlich – und lustig. Als ich fertig war, blieb Maddy erst mal still. Dann sagte sie langsam: »Also, Luis, ich glaube, dass du nächste Woche wirklich gewinnen könntest.«

Aufgeflogen

Samstag, 7. Dezember

17.20 Uhr

Dad wird nicht mehr lange jeden Tag daheimbleiben, denn er hat einen Anruf von einem alten Kumpel bekommen, der sich am Montagnachmittag mit ihm treffen möchte. Dad ist total scharf darauf, diesem Typen seine Ideen zu zeigen, und hat den ganzen Tag an einer PowerPoint-Präsentation gearbeitet. Er ist alarmierend gut drauf.

Ich freue mich für Dad. Aber ich hoffe, dass er seine häuslichen Verpflichtungen nicht vernachlässigt, vor allem nicht meine Hausaufgaben.

Sonntag, 8. Dezember

Maddie hat sich gerade zum zweiten Mal meine Nummer angehört. Sie hat sogar noch mehr gelacht als beim letzten Mal. Selbst ihre Augenbrauen sind vergnügt auf und ab gehüpft.

»Es ist ein Jammer, dass du am Freitag nicht mitkommst«, fand ich.

»Aber ich habe es Edgar versprochen … Und er wird jetzt sogar zwei Gedichte vorlesen.«

»Das klingt nach einem bezaubernden Abend … Es wäre nur so schön, wenn du –«

»Nein, Luis, bitte mich lieber gar nicht darum.«

Und dann ist sie gegangen.

Montag, 9. Dezember

14.40 Uhr

Ich hatte heute zwei Freistunden, da massenweise Leute, darunter einige Lehrer, sich diesen Magenvirus eingefangen haben, der gerade in der Schule herumgeht. Godzilla war allerdings noch da. Blöder Mist. Ich schätze, dass Krankheitskeime keine Chance haben, den Weg durch sein Bartgestrüpp zu finden.

Aber es gibt auch gute Neuigkeiten. Dad und ich haben in Geschichte wieder eine Eins bekommen. Nachdem Godzilla die Hausaufgaben zurückgegeben hatte, verkündete er, dass wir jetzt einen Überraschungstest schreiben würden. Noch so ein blöder Mist. Ich konnte fast keine der Fragen beantworten.

Immerhin habe ich eine wichtige Lektion gelernt. Geblendet von meiner Sehnsucht nach akademischem Ruhm, habe ich zugelassen, dass Dad zu gute Aufsätze für mich schreibt. Ich muss dafür sorgen, dass ich in Zukunft höchstens eine Drei bekomme.

Wie kann ich erklären, dass ich für Hausaufgaben eine Eins

bekomme, aber im Test voll abkacke? Aber vielleicht wird Godzilla die Tests gar nicht so bald korrigieren. Mit etwas Glück werde ich vom Fernsehen entdeckt, bevor er meine miese Leistung bemerkt.

Natürlich könnte Godzilla so anständig sein und sich den Magenvirus einfangen. Die Hoffnung stirbt zuletzt.

17.10 Uhr

Als ich heimkam, dachte ich, ich hätte das Haus ausnahmsweise mal für mich allein. Mum war bei der Arbeit, Elliot bei der Probe zu *Oliver Twist* und Dad verblüffte seinen alten Kumpel mit seinen Ideen. Ich fand es toll, mal so richtig freizuhaben, allerdings nicht so toll, wie ich erwartet hätte. Merkwürdig. Ich schätze, ich habe mich daran gewöhnt, dass Dad im Haus herumwuselt, wenn ich heimkomme.

Doch als ich kaum die Tür geschlossen hatte, rief eine ausgesprochen mürrische Stimme: »Musst du die Tür so fest zuschlagen, dass alle Fenster klirren?«

Ich war schockiert. Wieso schimpfte er, nur weil ich die Tür gründlich schloss? Das weiß doch jeder, dass die Fenster ein bisschen wackeln, wenn man eine Tür ordentlich zuzieht. Und wieso war er überhaupt schon daheim? Dann erschien er, vor Schwermut triefend. Er nickte mir nur kurz zu und ging weiter.

Intelligent wie ich bin, spürte ich, dass sein Treffen nicht gut verlaufen zu sein schien. Also tat ich etwas, das ich sonst nur am Vatertag tue. Ich goss Tee für ihn auf. Und nicht nur das. Ich legte auch vier Vollkorn-Schokokekse (seine Lieblingssorte) auf einen Teller. Ich trug das Tablett sogar rüber ins Wohnzimmer, wo ich ihn zusammengesackt auf dem Sofa vorfand.

»Sir, der Nachmittagstee«, sagte ich. »Mit besten Empfehlungen der Geschäftsleitung und auf Kosten des Hauses. Trinkgeld wird jedoch dankend angenommen.« Dann ließ ich mich neben ihn plumpsen. »Ich rate mal wild drauflos. Könnte es sein, dass deine Ideen bei dem alten Knacker keine Begeisterungsstürme ausgelöst haben?«

»Ich hatte gar keine Gelegenheit, ihm etwas zu zeigen.« Dad schäumte regelrecht vor Wut. »Die ganze Unterredung dauerte gerade mal zwanzig Minuten. Er sagte, er wollte sich nur mal mit mir in Verbindung setzen. Es kam mir vor, als sei alles bloß pro forma.«

»Und er hat dir keine Stelle angeboten?«

»Er sagte, das würde er gerne tun, aber leider sei ich überqualifiziert …« Dad seufzte aus tiefster Seele. »Wenn man zu kämpfen hat, bleibt das den anderen nicht verborgen.«

Hatte Dad zu kämpfen? Anscheinend.

»Und sofort wird man von oben herab behandelt. So habe ich mich heute gefühlt. Ausgeschlossen und minderwertig.«

Dad vertraute sich mir ja richtig an. Ich gab mir große Mühe, darauf etwas Schlaues zu erwidern.

»Ich würde sagen, das ist sein Verlust, Dad, denn du bist genial. Ich weiß das, weil du … Sieh es dir selber an. Du hast ganz locker schon wieder eine Eins in Geschichte abgestaubt.« Ich klatschte das Heft auf den Tisch. Dad schnappte es sich, starrte auf die Note und auf Godzillas glühende Lobhudelei. »Ich meine, ich wäre schon mit einer Drei zufrieden gewesen. Genau genommen sogar mit einer Vier. Ich bin nicht besonders anspruchsvoll, dafür umso dankbarer. Dad, du hast mich in einen Superstreber verwandelt. Jetzt kann ich den Lehrern ins

Gesicht sehen, ohne dass sie in Entsetzensschreie ausbrechen. Und alles dank dir, Superhirn.«

Dad sah mich einen Augenblick lang an, dann warf er den Kopf zurück und lachte tatsächlich. Siehst du, ich weiß, wie ich ihn aufheitern kann. Dann fragte er: »Was haben wir denn heute für Hausaufgaben auf?« Ich verdrückte die vier Vollkorn-Schokokekse, während Dad sich an meine Hausaufgaben setzte.

Dienstag, 10. Dezember

17.30 Uhr

Heute kam ich etwas später nach Hause. Dad stand bereits am Fenster und hielt nach mir Ausschau. Wieder einmal. Aber das stört mich nicht mehr so sehr wie früher. Ja, es erscheint mir beinah normal.

Er war jedenfalls total aufgeregt, denn er hatte den Dachboden ausgemistet und dabei wieder mal ein Fotoalbum entdeckt, das er längst vergessen hatte. »Das stammt noch aus jenen fernen Tagen, als wir Bilder noch nicht mit unseren Telefonen, sondern mit einer Erfindung geknipst haben, von der du wahrscheinlich noch nie gehört hast, einem Fotoapparat«, sagte er grinsend.

Was könnte mich glücklicher machen, als mir Bilder von Dad und seinen Freunden anzuschauen? Sie haben peinliche Frisuren im Stil der 1987er und sie hocken um einen Tisch, auf dem nächsten Bild hocken sie um einen anderen Tisch, auf dem nächsten … Genau, du hast es erraten, um noch einen anderen Tisch.

»Wie die Zeit verfliegt«, sagte Dad und betrachtete kopfschüttelnd die Bilder.

»Im Moment schleicht sie eher dahin«, murmelte ich.

Dann kramte Dad weitere Bilder raus, auf denen er tanzte. Die waren auf gruselige Art faszinierend.

»Was macht ihr denn da?«, fragte ich.

»Was wir machen?«, rief Dad eingeschnappt. »Die Leute sind meilenweit gereist, um Lee und mich beim Moonwalk zu sehen.«

»Ich würde meilenweit reisen, um euch dabei nicht sehen zu müssen«, sagte ich.

»Nun, ich wette, du bekommst den Moonwalk nicht hin«, forderte Dad mich heraus.

»Ich wette, ich kann ihn.« Ich sprang auf. Der Moonwalk ist wirklich der leichteste Tanz der Welt, wie ich augenblicklich vorführte. Jedenfalls glaubte ich das.

»Nein, total verkehrt«, sagte Dad und stand auf. »Du musst dein ganzes Gewicht auf den Fuß verlagern, den du stillhältst, während der andere auf der Ferse nach hinten gleitet. Der große Trick besteht darin, die Ferse immer auf dem Boden zu lassen. Schau mir zu.«

Wenn Dad tanzt, ist das kein Anblick für zarte Gemüter. Aber ich schluckte schwer und ermunterte ihn sogar, bis er mich aufforderte: »Und jetzt mach mit.«

Auf einer Hitliste der uncoolsten Nachmittagsbeschäftigungen stünde eine lächerliche Tanznummer mit deinem Dad sicher ganz an der Spitze.

Aber dann dachte ich: Dad hockt daheim ganz alleine fest, von so ziemlich allen seinen Kumpels im Stich gelassen. Wenn es ihn aufmuntert, mit seinem Nachwuchs einen Moonwalk aufzuführen, dann opfere ich mich eben. Das ist wahres Heldentum.

20.30 Uhr

Jetzt sind es nur noch drei Tage bis zum Finale von *Kids mit Biss*. Ich habe geübt wie ein Besessener. Und Evie hat angerufen, um die letzten Details durchzugeben. Um Punkt 16 Uhr wird ein Wagen Dad und mich daheim abholen. Ab 17 Uhr wird geprobt, dann wird die Sendung ab 19 Uhr live übertragen.

Mum und Dad waren ziemlich überrascht, als sie erfuhren, dass Maddy mich nicht begleiten würde. »Da überschneiden sich mehrere Klienten«, sagte ich und wechselte hastig das Thema. Ich hoffe immer noch, dass Maddy es sich vielleicht in letzter Minute anders überlegt. Aber es kommt mir nicht allzu wahrscheinlich vor.

Mittwoch, 11. Dezember

12.15 Uhr

Der Magenvirus hat weitere Lehrer erwischt. Godzilla blieb allerdings verschont. Ich war gerade an ihm vorbeigekommen, als er mir im Flur auflauerte wie ein Raubsaurier. Ich senkte den Kopf und versuchte, unbemerkt vorbeizuhechten, aber ich bin wohl eine viel zu auffällige Persönlichkeit, denn plötzlich ragte er über mir auf.

Mir wurde sofort klar, dass er meinen Test benotet hatte, denn er hörte überhaupt nicht mehr auf, die Stirn zu runzeln.

»Was ist passiert, Luis?«

Ich zermarterte mir das Hirn nach einer guten Erklärung.

»Du hast so gute Aufsätze geschrieben.« Er schüttelte den Kopf. »Aber während des Tests kam es mir vor, als wärest du in Gedanken woanders gewesen.« Ja, ich hatte verzweifelt nach einer Frage gesucht, die ich beantworten konnte. Er senkte die Stimme. »Hatte dein Vater einen Rückfall?«

Das nahm ich als Stichwort. »Oh ja, das kann man wohl sagen.«

»Ich hatte befürchtet, dass das passieren könnte.«

»Es ist nur ein unbedeutender Rückfall, aber ich musste während des Tests unaufhörlich daran denken.«

Godzilla tätschelte mir die Schulter. »Mach dir keine Sorgen, Luis.«

»Das werde ich versuchen.«

Dann eilte er davon, während ich den größten Erleichterungsseufzer ausstieß, den du jemals gehört hast. Ich war damit durchgekommen. Und sobald ich am Freitag *Kids mit Biss* gewonnen habe, wird die Schule für mich sowieso Schnee von gestern sein.

Ich werde Godzilla vielleicht nie wiedersehen.

17.45 Uhr

Etwas absolut Grauenvolles ist eben passiert.

Ich habe ein Riesenproblem

17.45 Uhr (Fortsetzung)

Es geschah ohne jegliche Vorwarnung. Als ich heimkam, war Dad gerade damit fertig geworden, den Garten winterfest zu machen (was auch immer damit gemeint ist), und war duschen gegangen. Er rief mir von oben zu, dass ich das Teewasser aufstellen sollte. Dann klingelte es an der Haustür.

Ich öffnete beiläufig und sah etwas so Furchtbares, dass ich die Augen zu- und wieder aufklappte in der verzweifelten Hoffnung, dass es dann verschwinden würde.

Aber Godzilla stand immer noch vor der Tür.

»Hubiblah«, stammelte ich – ich war so entsetzt, dass ich ein neues Wort erfunden hatte. Aber ich war auch wütend. Wie konnte er es wagen, bei mir daheim aufzukreuzen? Er gehörte nicht in diese Welt.

»Hallo, Luis.« Er trug denselben Anzug wie in der Schule und hatte dieselbe abgenutzte Aktentasche dabei, die er immer mit sich herumträgt. »Ist dein Vater da?«

Mir war natürlich klar, dass diese Begegnung auf keinen Fall stattfinden durfte. Ich hielt mich am Türgriff fest, um nicht umzukippen, und überlegte fieberhaft, was ich tun sollte. Ich sagte leise: »Dad, äh, ruht sich gerade aus und ich möchte ihn nicht stören. Ich fürchte, er hat heute keinen so guten Tag«, fügte ich vertraulich hinzu.

»Verstehe. Ist deine Mutter zu sprechen?«

»Oh nein, die ist noch bei der Arbeit und wird noch stundenlang fort sein. Aber ich kann ihr etwas ausrichten, darin bin ich echt gut.«

Godzilla zögerte. Doch da rief Dad von oben: »Wer ist es?«

Blitzschnell rief Godzilla zurück: »Hier ist Mr Beach, und ich würde es sehr zu schätzen wissen, wenn ich kurz mit Ihnen reden könnte.«

»Ich komme gleich runter«, sagte Dad. Und dann erschien er in seinem Morgenmantel. »Bitte entschuldigen Sie, dass ich nicht ordentlich angezogen bin …«, begann Dad.

»Keine Sorge, das verstehe ich vollkommen«, unterbrach ihn Godzilla mit schwachem Lächeln.

»Ich war gerade im Garten.«

»Sie sind also sowieso schon auf gewesen«, sagte Godzilla. »Nun, das ist sehr ermutigend. Und morgen gehen Sie vielleicht sogar spazieren.«

»Ja, vielleicht«, sagte Dad unsicher. »Äh, möchten Sie gerne reinkommen?«

Als Godzilla ins Wohnzimmer stapfte, warf er mir einen Blick zu. Ich wusste genau, was der bedeutete. Godzilla wollte, dass ich die beiden allein ließ. Das kam natürlich überhaupt nicht infrage, also rückte ich ihm nicht von der Pelle. Er pflanzte sich

Dad gegenüber und redete leise flüsternd mit ihm. »Sie sollten wissen, dass mein Schwager das gleiche kleine Problem hatte wie sie. Aber er hat sich inzwischen vollständig erholt.«

Dad starrte Godzilla mit wachsendem Misstrauen an. »Um welches kleine Problem handelt es sich?«

»Ich denke, das wissen Sie«, sagte Godzilla nur eine Spur ungeduldig.

»Nein, tut mir leid, das weiß ich nicht.«

»Ach, was spielt das für eine Rolle?«, sagte ich munter. »Bevor wir uns versehen, ist es schon Weihnachten und –«

»Oh, Sie meinen, dass ich …«, redete Dad dazwischen.

»Ganz richtig«, sagte Godzilla.

»Ganz richtig«, sagte ich in dem verzweifelten Versuch, das Thema zu wechseln. »Dann wäre ja alles geklärt.«

»Aber woher wissen Sie denn davon?«, wandte sich Dad wieder an Godzilla. Er sah verwirrt und ein bisschen angesäuert aus.

»Von Ihnen.«

Dad starrte den Konrektor mit offenem Mund an. »Von mir?«

»Ja, Sie haben mir einen Brief geschrieben, in dem Sie mir Ihre Situation erklärt haben.«

»Daran erinnere ich mich nicht«, sagte Dad.

»Du hattest ja auch so viel um die Ohren, Dad.« Ich erhob mich. »Wie sieht es aus, haben Sie Ihre Weihnachtsdekoration schon aufgehängt, Mr –?«

»Eine Sekunde, Luis«, unterbrach mich Dad. »Ich habe Ihnen einen Brief geschrieben, Mr Beach?«

»Und ich bin sehr froh, dass Sie das getan haben«, sagte Godzilla. »Denn so konnte ich Luis besser verstehen. Es hat ein bisschen gedauert, bis er sich eingelebt hat, aber ich habe ihn in letzter Zeit sozusagen unter meine Fittiche genommen.« Stolz lächelte er mich an. »Er ist aufgeblüht und hat außerordentliche Arbeit geleistet.«

»Ach, das ist ein bisschen übertrieben«, fing ich an, doch dann konnte ich nicht weitersprechen. Gerade als ich dachte, dass es nicht mehr schlimmer werden könnte, hörte ich, wie Mums Auto vorfuhr. Es hatte mir gerade noch gefehlt, dass sie sich bei diesem Gespräch einmischte.

Godzilla redete immer noch auf Dad ein und erklärte ihm, wie wichtig es war, über alles offen zu sprechen. Also schlüpfte ich kurz aus dem Haus.

Mum lud gerade Sachen aus dem Kofferraum. Ich raste zu Elliot rüber. »Mum darf nicht reinkommen«, zischte ich ihm zu.

»Wieso nicht?«, fragte er verständlicherweise.

»Das kann ich dir jetzt nicht erklären. Tu einfach irgendetwas, egal was, Hauptsache, du hältst sie vom Haus fern, bis ich dir ein Zeichen gebe.«

In Krisenzeiten – und um so eine handelte es sich im Moment – begraben Elliot und ich vorübergehend das Kriegsbeil. Ich konnte mich also darauf verlassen, dass er etwas unternehmen würde.

Ich raste ins Haus zurück. Da ertönte ein Geheul, das einem das Blut in den Adern gefrieren ließ. Ich kann dir sagen, dagegen klingt der Hund von Baskerville wie ein Katzenbaby. Dad lief zur Haustür, während Godzilla taumelnd auf die Beine kam. »Was in aller Welt war das?«

»Nur mein kleiner Bruder«, sagte ich.

»Macht er öfter dieses Geräusch?«, erkundigte er sich.

»Oh, normalerweise ist er viel lauter. Heute ist einer seiner stilleren Tage. Willkommen in meiner Familie.« Eilig fuhr ich fort: »Ich entschuldige mich für Dads Gedächtnislücke, aber bei uns ist alles gerade ein bisschen schwierig.«

»Ja, das habe ich gemerkt«, sagte Godzilla. Er sah jetzt ganz benommen aus, man könnte sogar sagen, niedergeschmettert. »Es ist wohl besser, wenn ich morgen in der Schule mit dir rede, wo es ruhiger zugeht.«

Erleichterung durchflutete mich. »Ja, ganz bestimmt.« Wir waren an der Haustür angelangt. »Es war mir ein Vergnügen, Sie zu sehen«, schwindelte ich.

Mum und Dad hatten beide die Arme um Elliot gelegt, der schrie: »Aua, die Zahnschmerzen sind höllisch!« Sie konzentrierten sich so sehr auf Elliot, dass sie Godzilla kaum bemerkten. Doch dann blickte Mum auf und sah kurz die fremde Gestalt an, die unser Haus verließ.

»Sie sind Mr Beach, nicht wahr?«, sagte sie.

»Ganz genau, Mum«, sagte ich hastig. »Er hat nur kurz reingeschaut und hat es jetzt sehr eilig.«

»Guten Tag«, begrüßte er Mum höflich.

Ich bin sicher, das alte Schreckgespenst wäre gegangen, wenn Dad nicht ausgerufen hätte: »Ich habe Ihnen wirklich nie einen Brief geschrieben.«

»Was für einen Brief?«, wollte Mum sofort wissen.

»Dad hat einen Brief geschrieben und dann vergessen«, sagte ich. »Keine große Sache. Ich mache mir viel mehr Sorgen wegen Elliot. Tut es sehr weh?«

Ich gab meinem Bruder ein Zeichen, dass er schnell noch

mal heulen sollte, aber er war zu sehr von dem abgelenkt, was Godzilla als Nächstes tat. Er griff in seine Tasche und rief: »Ich habe den Brief sogar dabei.«

»Wir können ihn nicht lesen, denn wir sind viel zu besorgt um Elliot«, sagte ich.

Doch Dad bewegte sich auf Godzilla zu und fragte: »Kann ich ihn bitte sehen?« Er nahm ihn und begann zu lesen. Augenblicklich wich die Farbe aus seinem Gesicht. Schließlich sagte er ruhig: »Ich denke, wir sollten alle wieder ins Haus gehen.«

Wir marschierten gemeinsam ins Wohnzimmer. Mum überflog ebenfalls den Brief, warf mir einen bitterbösen Blick zu und wandte sich dann an Elliot. »Was macht dein Zahnweh? Ich wäre nicht überrascht, wenn es so schnell aufhören würde, wie es angefangen hat.«

»Na ja, es ist nicht mehr allzu schlimm«, gestand Elliot.

»Luis hat dich gebeten, so zu tun, als wärst du krank, habe ich recht?« Bevor Elliot etwas erwidern konnte, sagte sie: »Geh einfach nach oben. Um dich kümmere ich mich später.«

Nachdem Elliot fort war, sagte ich hoffnungsvoll: »Falls ich störe, kann ich auch gehen.«

»Du bleibst da«, knurrte Mum. Sie schien das Kommando übernommen zu haben, während Dad sich herumdrückte, als hätte ihn jemand ins Bein gebissen.

Mum herrschte mich an: »Du hast diesen Brief geschrieben, nicht wahr, Luis?«

»Ich? Was für eine Anschuldigung! Nun, vielleicht, höchstwahrscheinlich, aber bevor ich noch etwas dazu sage, will ich erst meinen Anwalt sprechen.«

»Vielleicht würden Sie auch gerne den Brief sehen, den *ich*

Ihnen geschrieben hatte«, gurrte Godzilla. »Den habe ich nämlich auch dabei.«

Das war ja so klar!

Er zog den Brief mit großer Geste raus, und Mum und Dad, die jetzt wie siamesische Zwillinge aneinanderklebten, lasen ihn rasch. Dann warfen sie mir sengende Blicke zu.

»Warum hast du uns diesen Brief nicht gezeigt?«, fragte Dad streng.

Das war einfach. Ich wollte nicht, dass etwas meinen Auftritt in *Kids mit Biss* gefährdete. Aber wenn ich das jetzt zugab, kämen meine Eltern nur auf dumme Ideen und meine schlimmste Befürchtung würde eintreffen. Also fabulierte ich: »Ich wollte nicht, dass ihr euch Sorgen macht, weil ihr doch beide sowieso schon so viel um die Ohren habt. Und ihr wisst ja, was für ein gutes Herz ich habe …«

Die Tür ging auf. »Darf ich reinkommen?«, fragte Elliot. »Ich will bloß zuhören.«

»Du gehst auf der Stelle wieder hoch«, fuhr Mum ihn an.

Elliot verzog sich.

Mum bebte wie ein Vulkan kurz vor dem Ausbruch. »Mir tut das alles sehr leid, Mr Beach. Ich versichere Ihnen, dass wir uns um die Sache kümmern werden.«

»Einen Elternbrief zu fälschen, ist eine sehr ernste Angelegenheit«, sagte Mr Beach.

»Aber es ist mein erstes Vergehen«, murmelte ich. »Denke ich jedenfalls …«

Godzilla fuhr fort: »Ich hielt den Brief für echt und dachte, der ungewöhnliche Stil sei auf persönliche Probleme zurückzuführen. Darum habe ich Luis geholfen.«

»Wir sind Ihnen sehr dankbar«, sagte Mum leise.

Ich war es nicht.

»Und ich habe mich gefreut, dass seine Geschichtshausaufgaben auffallend besser geworden sind«, fuhr Godzilla fort. »Einige seiner Aufsätze waren hervorragend.«

Stolz funkelte in Dads Augen auf. Leider blieb das Mum nicht verborgen. Ihr vorwurfsvoller Blick traf mich.

»Aber im Geschichtstest war seine Leistung sehr enttäuschend. Ich habe mich zuerst gefragt, ob so eine deutliche Verschlechterung auf neue häusliche Sorgen zurückzuführen sei. Nun befürchte ich, dass es eine andere Erklärung geben könnte.«

»Ich ebenfalls«, sagte Mum. Ihr Blick durchbohrte Dad wie ein Pfeil. »Vielleicht wären Sie so nett, uns auch diese Angelegenheit untereinander ausmachen zu lassen, Mr Beach.«

Nachdem Godzilla endlich fort war, wandte Mum sich anklagend an mich. »Wir sind empört.«

»Ich auch«, sagte ich. »Was fällt ihm ein, einfach uneingeladen aufzukreuzen!«

»Über dich!«, stieß Mum wütend hervor.

»Warum hast du das gemacht, Luis?« Dad klang ernstlich verwirrt.

»Könnte ich bitte eine leichtere Frage bekommen?«, versuchte ich die Stimmung aufzulockern.

Sie betrachteten mich beide kopfschüttelnd. Dann zischte Mum: »Ich rege mich auch darüber auf, dass du deinen Vater so ausgenutzt hast.«

Ich glotzte sie an. »Wie meinst du das?«

»Das weißt du ganz genau«, sagte Mum.

»Nein, das weiß ich nicht, Mum, denn in Wirklichkeit war ich derjenige, der Dad aufgemuntert hat. Ich habe gestern mit ihm sogar den Moonwalk gemacht. Wie viele andere Teenager können das von sich behaupten?«

»Ich meine, dass du deinen armen Dad dazu überredet hast, deine ganzen Hausaufgaben zu machen.«

»Ich habe ihn nicht dazu überredet. Er wollte sie gerne machen. Stimmt doch, Dad.«

»Danke, dass du dich daran erinnerst, dass ich auch noch anwesend bin«, sagte Dad.

»Tut mir leid, Schatz«, sagte Mum. »Aber Luis hat dich offensichtlich ausgetrickst. Und darum bin ich wütend für dich.« Dann fragte sie ihn, ob er außer für Geschichte auch noch in anderen Fächern meine Hausaufgaben gemacht hatte.

Da gestand Dad, dass er ein Hausaufgaben-Serientäter war. »Ich dachte, wenn ich Luis zu besseren Noten verhelfe, dann wird es ihm das nötige Selbstvertrauen geben, um selbst ein besserer Schüler zu werden«, erläuterte er.

Mum schüttelte äußerst skeptisch den Kopf, dann sagte sie sanft zu Dad: »Aber dabei lernt er doch nichts, Schatz.«

»Doch, das tue ich«, verkündete ich lautstark.

»Und was?«, wollte Mum wissen. Dad sah mich hoffnungsvoll an.

»Ich lerne, dass Dad meine Hausaufgaben viel besser erledigt als ich.« Ich grinste.

Mum schnaubte verächtlich und Dad wandte sich sogar von mir ab.

»Über manche Sachen macht man keine Witze, Luis«, sagte Mum.

Ich finde, man sollte über alles Witze machen. Was kann so falsch daran sein, diese düstere Angelegenheit ein bisschen aufzuhellen?

»Ich gebe mir selbst die Schuld«, sagte Mum.

»Na gut«, stimmte ich zu.

Mum starrte mich finster an, während sie weiterredete.

»Ich war in letzter Zeit mit so vielen neuen Verantwortungen ausgelastet. Und ich dachte, ich könnte mich darauf verlassen, dass mein ältester Sohn seinem Vater im Haushalt unter die Arme greift, doch stattdessen … Geh mir aus den Augen. Du kannst in deinem Zimmer warten, bis wir uns überlegt haben, wie wir dich bestrafen werden.«

Darauf warte ich immer noch.

18.59 Uhr

Mitzuerleben, wie verletzt Mum und besonders Dad über das waren, was ich getan hatte … und wie bitter enttäuscht sie von mir waren … du kannst mir glauben, dass das schon Strafe genug war. Immer wieder werde ich von Reue überschwemmt.

Aber meinen Eltern ist einfach nicht klar, wie hart es ist, ein unentdeckter Comedy-Star zu sein und aus den Augenwinkeln die lebensverändernde Gelegenheit für ewigen Ruhm winken zu sehen. Ich stehe gerade enorm unter Druck. Da sollten sie doch ein bisschen Nachsicht zeigen, oder?

19.10 Uhr

Mum und Dad (na ja, in erster Linie Mum) sind komplett ausgerastet. Sie haben mir einen ewigen Vortrag darüber gehalten, dass ich diesmal eine Grenze überschritten habe, während ich ein reumütiges Gesicht aufgesetzt und unentwegt genickt habe. Sie sagten, ich müsse Godzilla einen Entschuldigungsbrief schreiben. Mum ergänzte: »Außerdem haben wir ihm gesagt, dass wir mit jeder Bestrafung einverstanden sind, die du von der Schule aufgebrummt bekommst.«

»Herzlichen Dank auch«, nuschelte ich.

Ich habe Hausarrest bis Neujahr! Nachdem sie das verkündet hatten, stürzte mein ganzes Leben wie ein Kartenhaus in sich zusammen. So kurz vor meinem schicksalhaften Tag – dem Finale von *Kids mit Biss* – machten sie alles zunichte.

Doch das würde ich nicht zulassen. Irgendwie würde ich abhauen. Aber dann sagte Mum, dass sie eine einzige Ausnahme machen würden … *Kids mit Biss.* »Denn dafür hast du so schwer gearbeitet.«

»Ich danke euch abermillionenmal!«, sagte ich leise. Ich war aufrichtig dankbar und lächelte beide an.

»Hast du irgendwelche Fragen?«, erkundigte sich Dad.

»Ja, darf ich raus, um den Weihnachtsmann zu sehen?«

Ich erwartete, dass Dad darüber lachen würde. In den letzten Wochen war es mir so oft gelungen, ihn aufzuheitern. Erst gestern hatte er sich über meine Witze schiefgelacht. Aber heute Abend zuckte nichts in seinem Gesicht, gerade jetzt, wo ich so sehr ein bisschen Zuwendung gebraucht hätte. Dad hatte mich mir nichts, dir nichts fallen lassen und war total ernst und langweilig und erwachsen geworden.

Er sagte nur: »Du hast dir heute keinen Gefallen getan.« Bevor er sich von mir abwandte, meinte er noch: »Und du hast mich bitter enttäuscht.« Er sagte *mich*, nicht *uns*. So als hätte ich ihm etwas besonders Schlimmes angetan.

Okay, ich hatte einen Riesenfehler gemacht. Ich hätte diesen Brief nicht fälschen sollen und es tut mir irre leid, bla, bla, bla. Aber ich habe mich seit Anbeginn der Zeit – so kommt es mir jedenfalls vor – jeden Nachmittag mit Dad unterhalten. Und ich habe dabei nicht nur gegrunzt, wie Teenager es sonst tun, wenn sie freundlich zu ihren Eltern sind. Nein, ich habe mit ihm richtig lange Unterhaltungen über so ziemlich jedes Thema unter der Sonne geführt.

Ich habe noch nie so viel mit jemandem geredet – nicht mal mit Maddy. Wenn sich das auf Twitter herumgesprochen hätte, stünde mir jetzt garantiert irgendein Preis zu. Bester Sohn des Jahres oder etwas in der Art.

Dass ich Dad meine Hausaufgaben machen ließ, war in Wirklichkeit auch so etwas wie eine gute Tat. Ich muss nur daran denken, wie sein Gesicht geleuchtet hat, als er die Einsen bekommen hat.

Aber das ist jetzt alles Schnee von gestern. Dad hat heute Abend nicht mal versucht, mich zu verteidigen. Stattdessen hat er sich von einem Freund in einen bierernsten Erwachsenen verwandelt, der behauptet, ich hätte ihn enttäuscht. Na gut – aber er hat mich ebenfalls enttäuscht.

Damit sind wir quitt.

Eine streng geheime Katastrophe

Donnerstag, 12. Dezember

16.10 Uhr

Als ich heute Abend heimkam, war Mum auch zu Hause. Sie sagte, sie hätte heute früher Schluss machen können, wuselte im Haus herum und übernahm wieder die Regie. Dad saß nur mit gerunzelter Stirn an seinem Laptop.

Mum fragte mich, welche Strafe ich für meine Verfehlungen als Urkundenfälscher von der Schule bekommen hatte. Ich berichtete ihr, dass Godzilla mir eine mehrere Jahrtausende dauernde Strafpredigt gehalten hatte und dass ich ab Montag mehrfach nachsitzen müsste.

»Ausgezeichnet«, sagte Mum. Eine erbärmliche Einstellung für einen Elternteil. Wenn ich nicht so eine starke Persönlichkeit wäre, wäre ich zutiefst verletzt.

Dann sagte ich zu Dad: »Stell dir vor, bis zu den Weihnachtsferien ist es nur noch eine Woche und wir bekommen immer noch Hausaufgaben auf. Ist denn das zu fassen?«

Ich hoffte, dass diese tragischen Neuigkeiten ihn dazu bringen würden, mir zumindest seine Hilfe anzubieten. Doch er meinte nur: »Dann würde ich an deiner Stelle lieber gleich damit anfangen.« Seine Stimme war trockener als die Sahara.

»Na gut, dann mache ich meine Hausaufgaben ganz alleine und ohne jedwede Hilfe von irgendeiner Menschenseele. Du darfst mich Meisterstreber nennen«, fügte ich mit gewinnendem Lächeln hinzu.

Aber Dad lächelte nicht zurück.

17.10 Uhr

Ich habe tatsächlich meine Hausaufgaben herausgeholt und die Fragen angestarrt. Wenn ich sie doch nur beantworten könnte, um Dad zu beweisen, dass ich ihn nicht brauche!

Aber das konnte ich nicht.

Dann rief Maddy an und erkundigte sich, wie ich mich fühlte. Diese Frage konnte ich immerhin beantworten.

»Total aufgeregt wegen morgen, aber der heutige Abend ist die Hölle. Die Atmosphäre ist so mies, dass alle Zimmer damit verpestet sind, sogar meins.«

Darum habe ich Maddy gesagt, dass sie nicht vorbeikommen soll. Sie hatte vorgehabt, sich meine Nummer mit Felix ein letztes Mal anzuhören. »Heute Abend würde es keinem Komiker gelingen, in diesem Haus witzig zu sein«, sagte ich. »Und fortgehen darf ich auch nicht.«

»Armer Luis«, sagte sie sehr sanft. »Ich werde dir morgen sämtliche Daumen drücken.«

»Selbst dann, wenn Edgar dabei ist?«, fragte ich leichthin.

»Natürlich. Nur Jungs sind nicht multitaskingfähig.«

Freitag, 13. Dezember

7.01 Uhr

Als ich aufgewacht bin, habe ich mich total zittrig gefühlt. Ha! Freitag, der 13. Was hatte ich anderes erwartet?

»Lampenfieber«, sagte ich mir etwas überrascht. Mir war außerdem heiß und jeder Knochen in meinem Körper schmerzte. Das haut ja wirklich richtig rein, wunderte ich mich. Trotzdem hatte ich keine böse Vorahnung, bis ich mich im Bad übergeben musste. Da wurde mir das ganze Ausmaß der Katastrophe bewusst. Der 48-Stunden-Magenvirus, der an meiner Schule gewütet hatte – und den ich Godzilla an den Hals gewünscht hatte –, war an ihm vorbeigeschrammt und hatte mir dafür die volle Breitseite verpasst.

Musste es mich ausgerechnet heute erwischen? Das ist zweifelsohne der schlechteste aller Zeitpunkte …

Und ich konnte nicht einmal meinen Eltern sagen, wie hundeelend ich mich fühlte, da sie – tja – größtes Mitleid mit mir haben würden. Meine Mum ist immer total nett, wenn jemand krank ist. Sie würde mir besorgt die Stirn trocken tupfen und sagen: »Du bist ja viel zu krank, um in die Schule zu gehen (Hurra!) oder um heute Abend nach London zu fahren und in *Kids mit Biss* aufzutreten.«

Aber davon kann mich nichts auf der Welt abhalten. Nicht einmal drei Krankheiten gleichzeitig. Also kann ich mich wohl glücklich schätzen, dass ich nur diese eine habe. Es ist ja nicht mal eine richtige Krankheit. Es ist nur mein Magen, der hin und wieder explodiert – zum Beispiel JETZT.

7.15 Uhr

Da bin ich wieder. Mein Magen dürfte jetzt komplett leer sein. Ich habe alles aus mir rausgekübelt. Danach habe ich das Bad mit allen Düften eingesprüht, die ich finden konnte, damit Mum und Dad keinen Verdacht schöpfen. Anschließend habe ich mich ebenfalls mit Deo eingenebelt, um eventuelle Gerüche zu überdecken.

9.00 Uhr

Womöglich habe ich es übertrieben, denn einige Jungs an der Schule haben sich die Nase zugehalten, als ich an ihnen vorbeigehuscht bin.

11.00 Uhr

Es hatte kaum zur Pause geklingelt, da stürzte ich zum Klo. Es kam immer noch etwas hoch. Außerdem dröhnte mein Kopf wie ein Motorrad und ich wollte mich eigentlich nur in einer Ecke zusammenrollen und schlafen. Aber ich durfte nicht riskieren, dass man mich krank nach Hause schickte. Ich stehe das irgendwie durch.

13.50 Uhr

Einige Leute aus meiner Klasse haben mich gerade alles Mögliche über das Finale von *Kids mit Biss* gefragt. Zum Beispiel Sachen wie:

»Was gibt es denn für einen Preis zu gewinnen? Nicht, dass du wirklich eine Chance darauf hättest.«

»Was machst du, wenn du wieder gegen diesen Papagei verlierst?«

»Wirst du diesmal witzig sein?«

»Hey, ich werde dafür sorgen, dass ihr euch heute Abend vor Lachen kringelt«, sagte ich, bevor ich nur für mich hörbar hinzufügte: »Falls ich noch so lange zu leben habe.«

Jetzt fühle ich mich sogar im Sitzen so schwach, als könnte ich jeden Augenblick ohnmächtig werden.

13.55 Uhr

Mir kam gerade ein furchtbarer Gedanke. Was, wenn ich mit Dad im Wagen auf dem Weg zu *Kids mit Biss* bin und plötzlich wieder ekliges Zeug hochwürgen muss? Was mache ich dann? Ich muss es irgendwie schaffen, mich den ganzen Weg nach London zu beherrschen. Und wenn es mir nicht gelingt? Nun, wenn Dad den Verdacht hat, dass es mir nicht gut geht, dann wird er darauf bestehen, dass wir wenden, damit er mich ins Bett packen kann.

Ich brauche Hilfe.

13.56 Uhr

Maddy.

15.00 Uhr

Maddys Telefon war ausgeschaltet, darum schickte ich ihr eine SMS nach der anderen mit der Bitte, mich dringend anzurufen. Das hat sie jetzt endlich gemacht. Eilig habe ich ihr meinen bedenklichen Gesundheitszustand geschildert.

»Und wie fühlst du dich im Moment?«, fragte sie.

»Von Sekunde zu Sekunde schlimmer.«

»Oh nein.«

»Aber mach dir keine Sorgen, wenn ich erst mal auf der Bühne stehe, werde ich den Saal zum Kochen bringen.«

»Die Bretter, die die Welt bedeuten.«

»Was?«

»Egal, wie schlecht es einem Schauspieler geht, sobald er vor dem Publikum steht und seinen Text aufsagt, ist jeder Schmerz vergessen.«

»Gut zu wissen.« Dann erzählte ich Maddy, welche Sorgen ich mir wegen der Autofahrt machte.

»Erzähl deinem Dad doch einfach, dass dir beim Autofahren schlecht wird.«

»Na ja, mir ist noch nie beim Autofahren schlecht geworden.«

»Dann sag ihm, dass es von der Aufregung kommt«, schlug sie vor.

»Hmm«, sagte ich zweifelnd. »Oder … oder …« Ich zögerte.

»Sag jetzt bloß nicht, dass du mich darum bitten möchtest, Edgar im Stich zu lassen und stattdessen dich zu begleiten«, rief Maddy.

»Nein, natürlich nicht«, beeilte ich mich zu versichern. »Oder vielleicht doch ein bisschen.«

»Oh, Luis …«

»Ich habe mir das so vorgestellt: Wenn ich merke, dass es mir wieder hochkommt, könnte ich zweimal husten. Auf dieses geheime Signal hin würdest du sagen, dass dir schlecht ist. Dann steigst du aus dem Auto und ich begleite dich. Ich kann mich übergeben, und wenn wir wieder in den Wagen steigen, ist Dad völlig ahnungslos.«

»Das klingt nach einem unvergesslichen Abend!«

»Es ist ja nur der erste Teil.«

»Aber ich kann doch Edgar nicht enttäuschen, oder?«

Ich ließ Maddys Frage im Raum stehen. Dann sagte ich schließlich: »Mach dir keine Gedanken. Ich erzähle Dad, dass mir beim Autofahren übel wird.«

Zwei Minuten später rief Maddy wieder an. »Um wie viel Uhr macht ihr euch auf den Weg nach London?«

15.50 Uhr

Maddy muss jeden Augenblick da sein. Und der Wagen, der uns ins Fernsehstudio bringt, soll uns in zehn Minuten abholen. Jetzt wird es ernst.

Mum und Elliot haben mir Glück gewünscht. Aber die Stimmung ist immer noch alles andere als bombig. Am schlimmsten ist es mit Dad. Er ist zwar höflich, aber sehr distanziert.

Die gute Nachricht ist, dass ich mich seit zwei Stunden nicht übergeben habe. Und falls ich heute Abend gewinne, stellt das ja wohl alles andere in den Schatten, nicht wahr?

Du bist der Sieger

16.35 Uhr

Wir saßen im Wagen. Dad quatschte vorne mit dem Fahrer. Maddy und ich saßen hinten. Wir hatten etwa den halben Weg zum Studio zurückgelegt, als mir plötzlich ein Schauder nach dem anderen über den Körper jagte. Grässliche, schleimige Kotze würde mir jeden Moment aus dem Mund sprühen. Ich hüstelte zweimal. Maddy erkannte sofort unser geheimes Zeichen und rief: »Verzeihung, aber mir ist ein bisschen übel.«

Dad drehte sich um und lächelte Maddy aufmunternd an. »Dir ist wahrscheinlich vom Autofahren ein wenig schlecht. Mach dir keine Sorgen, das kann jedem passieren.«

Auch der Fahrer drehte den Kopf nach hinten. »Ich habe immer ein paar Malzbonbons dabei. Die werden deinen Magen ruck, zuck beruhigen.«

Maddy nahm eins und lutschte es sorgfältig, während ich mich in stillem Unbehagen wand und mich immer elender fühlte.

Schließlich zischte ich: »Maddy, was nützt es mir, wenn du Malzbonbons lutschst? Es bringt nichts, wenn du sagst, dass dir *ein bisschen schlecht ist.* Du musst es richtig dramatisch machen, und zwar schleunigst.«

»Schon gut, beruhige dich, ich habe mich nur noch nicht ganz in die Rolle eingelebt«, raunte Maddy zurück. »Weißt du, ich muss mich erst aufwärmen. Selbst Athleten müssen sich vor einem Rennen …«

»Maddy, tu einfach etwas, und zwar schnell«, stöhnte ich.

»Ist bei euch da hinten alles in Ordnung?«, fragte Dad.

Da stieß Maddy einen lauten Schrei aus, der mich zusammenfahren ließ. Dann packte sie den Türgriff und quietschte: »Ich muss auf der Stelle ganz furchtbar kotzen! Halten Sie den Wagen an!«

Das musste sie dem Fahrer nicht zweimal sagen.

»Da drüben ist ein Wäldchen«, sagte er und deutete in die Richtung.

»Ich komme mit«, gelang es mir hervorzupressen.

»Ich auch«, bot Dad an.

»Nein, es reicht, wenn Luis mitkommt«, rief Maddy.

Wir stürzten aus dem Wagen. Sobald wir außer Sichtweite waren, gab es für mich kein Halten mehr.

»Tut mir leid«, sagte ich zu Maddy, die gefährlich nahe an der Stelle stand, wo ich gerade den Boden dekoriert hatte.

»Immer nur raus damit«, sagte Maddy. »Das sagt meine Oma immer. Du solltest dir lieber den Mund abwischen.«

»Oh ja, entschuldige.« Während ich mir mit meinem Taschentuch das Gesicht säuberte, fügte ich hinzu: »Der Schrei war übrigens allererste Sahne.«

»Danke … Ich war recht zufrieden damit. Ich wusste, wenn ich mich erst mal in die Rolle eingelebt hatte …«

»Du warst großartig und absolut überzeugend.«

Maddy lächelte bescheiden und fragte: »Wie fühlst du dich jetzt?«

»Ganz ehrlich?«, sagte ich. »Grauenhaft.«

»Wenn ich dich doch nur von diesem Virus befreien könnte.« Da spürte ich, wie viel es ihr bedeutete, mir zu helfen. Es wärmte mich wie ein Feuer. Und das kam nicht nur daher, dass sie meine Agentin war. Sie mochte mich, dessen war ich mir sicher. Und ich mochte sie sehr. Darum platzte ich heraus: »Ich weiß, dass jetzt kein geeigneter Moment dafür ist, aber würdest du je in Erwägung ziehen, noch einmal mit mir auszugehen?«

Maddy sah mich an. »Da ist immer noch ein bisschen Erbrochenes in deinen Haaren … Und so wie es aussieht, auch auf deinen Schuhen.«

»Ich bin abstoßend«, sagte ich und putzte mit einem Taschentuch meine Schuhe, während ich mir mit der anderen Hand energisch die Haare rubbelte.

Dann sagte Maddy: »Wir sollten jetzt zurückgehen.« Sie hatte meine Frage komplett ignoriert.

16.55 Uhr

Nur eine kurze Nachricht aus dem Green Room (ich sage dieses Wort so gern, aber in Wirklichkeit ist es nichts weiter als ein Wartezimmer). Alle zwölf Finalisten sind hier versammelt. Unsere Familien huschen um uns herum und flüstern uns Aufmunterungen zu, als wären wir Boxer auf dem Weg in den Ring.

Ich grinse Ben an, den Jungen, der die Nummer mit dem Papagei Benny vorführt. (Benny ruht sich anscheinend hinter der Bühne aus.) Aber die anderen Teilnehmer sehen sich nicht einmal an und reden tun sie schon mal gar nicht miteinander. Jeder von uns wartet in seiner eigenen kleinen Blase.

17.00 Uhr

Evie, die Redakteurin, kam so enthusiastisch und breit lächelnd wie eh und je hereingetänzelt. Ihre Haare sind immer noch orange. Neben ihr erschien ein junger Mann in einem teuren grauen Anzug. Er hatte einen traurigen Hundeblick wie ein Bernhardiner, der des Lebens überdrüssig ist. Sie stellte ihn vor als Ned, den Produzenten.

»Zunächst einmal möchte ich, dass ihr euch alle dafür auf die Schulter klopft, dass ihr es so weit geschafft habt«, sagte sie und wartete, aber niemand rührte sich. Das war viel zu uncool. Wir waren doch keine Dreijährigen mehr. »Vielen Dank, dass ihr das gemacht habt«, sagte sie strahlend und völlig unpassend. »Nun werde ich eure Familien und Freunde bitten, es sich im Studio bequem zu machen und unsere begeisterten Zuschauer zu sein.«

Jetzt waren wir mit Evie und Ned allein.

Evie strahlte uns noch einmal alle an. »Ich muss euch sicher nicht sagen, was für eine wunderbare Chance das für euch alle ist. Wir möchten, dass ihr heute Abend für diese Show lebt, für sie atmet, sie euch zu eigen macht.«

»Und denkt dran, wirklich alles zu geben«, meldete sich Ned zu Wort.

Das war das Einzige, was er zu uns sagte.

Evie ergänzte: »Damit wir alle in die richtige Stimmung kommen, möchte ich, dass ihr jetzt voller Überzeugung ausruft: ›Ich bin ein Sieger.‹«

Das taten wir zwar, aber nicht laut genug. Erst im vierten Anlauf war Evie zufrieden.

»Das war jetzt großartig«, meinte sie grinsend. »Das habt ihr alle gut gemacht. Genießt eine fantastische Show. Ich komme in Kürze wieder und teile euch mit, in welcher Reihenfolge ihr proben werdet.«

Nachdem sie und Ned gegangen waren, grinste ich einige der anderen Teilnehmer an, aber sie waren alle zu angespannt und überreizt, um viel zu reden. Einige tippten auf ihren Handys herum, ein Mädchen machte Atemübungen, während ein anderes anscheinend seine Schuhe fotografierte.

Dann rülpste ich lautstark. Ich schätze, dass ich damit die Spannung aufgelockert hatte, jedenfalls lachten alle. Ich entschuldigte mich für meinen unhöflichen Magen.

»Das ist nur die Aufregung«, sagte ein fröhlich aussehendes Mädchen, das in einem Rollstuhl saß.

Wenn es doch nur so wäre.

17.52 Uhr

Die Probe ist gerade zu Ende gegangen. Sie fand auf der Bühne statt, auf der wir heute Abend auftreten werden. Der Zuschauerraum war leer, bis auf die ersten Reihen, in denen unsere Fans sitzen, wie Evie sie genannt hat. Ich kam als Vorletzter dran. (Evie hat die Reihenfolge festgelegt, indem sie unseren Namen aus einem Hut zog.) Also, wie ist es gelaufen? Besser, als ich es jemals für möglich gehalten hätte. Ich war ziemlich gut, aber Felix war sogar noch besser. Um ehrlich zu sein, war er sensationell. Er hat mir einen Witz erzählt, den das Publikum toll fand. Glaubst du mir, wenn ich dir sage, dass ich selbst nie genau weiß, was er sagen wird? Der Witz ging so:

Ein Mann gerät mit drei Pinguinen im Auto in eine Verkehrskontrolle. Der Polizist sagt zu ihm: »Fahren Sie die Tiere in den Zoo!«

Der Fahrer versichert, dass er das tun wird.

Tags darauf sieht der Polizist den Fahrer erneut. Er hat immer noch die drei Pinguine dabei, doch heute tragen sie Sonnenbrillen.

»Ich hatte Ihnen doch gestern gesagt, dass Sie die Tiere in den Zoo fahren sollen!«

»Habe ich ja gemacht«, sagt der Fahrer. »Und heute fahren wir ans Meer.«

Den bringe ich auf jeden Fall, wenn ich nachher auftrete, oder vielmehr Felix bringt ihn.

Hinterher schüttelte Dad mir die Hand. »Das war wirklich originell«, sagte er.

Dann meinte Maddy zu mir: »Es wird nicht leicht bei der Konkurrenz. Da sind großartige Sänger dabei, und dieses Mädchen mit den Zaubertricks …«

»Die ist zum Fürchten brillant«, stimmte ich zu.

Dann flüsterte Maddy mir ins Ohr: »Aber du bist der Sieger.«

Ich sah sie an.

»Ich sage das nicht nur, weil ich deine Agentin bin. Ich glaube es wirklich. Wie fühlst du dich?«, fügte sie leise hinzu.

»Es ging mir nie dreckiger, aber als ich rauskam, vergaß ich sofort, wie miserabel …«

»Ja, die Bretter, die die Welt bedeuten«, unterbrach sie mich. »Die werden dich auch beim nächsten Auftritt retten.«

18.10 Uhr

Zurück im Green Room.

Wir sind wieder alle versammelt. Einige der Kinder hängen wie festgeleimt an ihren Eltern, von denen sie überschwänglich gelobt werden. Aber wir anderen Teilnehmer bilden eine dichte Traube, quatschen und lachen und zeigen uns gegenseitig die Selfies, die wir vor zwanzig Sekunden auf unseren Smartphones gemacht haben.

Am längsten habe ich mich mit Ben unterhalten. Er macht sich wahnsinnige Sorgen wegen Benny. Weißt du, Ben hat wie üblich seine Mundharmonika gespielt, aber Benny hat sich zum allerersten Mal geweigert, einen einzigen Ton dazu zu singen. Während der ganzen Nummer saß er nur mit aufgeplustertem Gefieder auf seiner Stange.

»Vielleicht musst du ihn mit ein paar Körnern bestechen«, meinte ich.

»Ich habe ihm sogar einen kleinen Tanz beigebracht«, sagte Ben. »Das war unsere besondere Überraschung.«

Aber nun bestand die Überraschung darin, dass Benny überhaupt nichts machte. Ich klopfte Ben auf die Schulter.

»Wenn das Theater erst mal vor Leuten wimmelt, dann wird es schon klappen. Benny braucht ein volles Haus.«

Ein kleiner, fieser Teil von mir wünschte sich, dass Benny weiterhin streikte (schließlich hatte er mich letztes Mal besiegt). Aber genau wie Maddy hatte ich das Gefühl, dass ich diesen Wettbewerb auf ehrliche Weise gewinnen könnte.

Es gab allerdings jemanden, wegen dem ich mir Sorgen machte. Es war die letzte Teilnehmerin, mit der ich mich unterhalten hatte – Poppy. Sie war in ihrem Rollstuhl auf die Bühne gesaust. Quer über dem Stuhl lag ein Tablett mit ihren Utensilien, und dann zeigte sie nicht einen, nicht zwei, sondern drei Zaubertricks auf einmal. Das ging rasend schnell und war absolut brillant.

Plötzlich kam sie auf mich zugeheizt.

»Mit dir spreche ich nicht«, sagte ich. »Du bist viel zu gut.«

»Von was redest du da?«, rief sie. »Du und Felix, ihr wart großartig.«

»Und was ist mit dir und den ganzen Tricks, die du gleichzeitig vorführst? Außerdem hat es mir unheimlich gefallen, wie du auf der Bühne herumgesaust bist.«

»Ich bin ganz schön schnell, nicht wahr?«, sagte sie stolz.

Sie war ein hübsches, dunkelhaariges Mädchen mit den strahlendsten blauen Augen, die ich je gesehen hatte. »Wo hast du nur diese ganzen Tricks gelernt?«, wollte ich wissen. »Hast du einen Kurs besucht?«

»Nein, das verdanke ich alles ihm.« Sie nickte in Richtung eines älteren Mannes in einem grünen Anzug. Aus seiner Brusttasche quoll ein hellrotes Taschentuch. Er hatte einen schwarzen Federhut auf und unterhielt sich lebhaft mit Evie. »Opa ist früher im Varieté aufgetreten«, sagte sie. Man musste nur einen Blick auf ihn werfen, um zu wissen, dass das stimmte. »Aber Opa hatte nie den Erfolg, den er verdient hätte. Und er hat mir gesagt, dass Erfolg zu einem großen Teil Glückssache ist. Seit dem Tod meiner Mutter kümmert er sich voll und ganz um mich. Alles, was ich kann, hat er mir beigebracht.«

Poppys Großvater sah plötzlich zu uns rüber. Er musste erraten haben, dass wir über ihn sprachen, denn er verbeugte sich huldvoll. Er wollte gerade zu uns rüberkommen, als Evie verkündete, dass es für unsere Fans jetzt Zeit wäre, in den Zuschauerraum zurückzukehren.

»Hals- und Beinbruch«, wünschte mir Dad. »Sagt man das heute noch so?«

»Habe ich nie gehört. Klingt ein bisschen schräg, aber danke.«

»Sei einfach genauso gut wie in der Probe«, sagte Dad. »Dann lächelte er mich zum ersten Mal seit etwa drei Tagen an. »Alles Gute, mein Junge.«

Maddy hat mir gerade wieder die vier magischen Worte zugeflüstert: »Du bist der Sieger.«

Sechs der Teilnehmer – einschließlich Poppy und Ben – sind in die Maske gegangen. Und wir Verbliebenen sind etwas stiller geworden.

Wie geht es mir? Das sage ich dir besser nicht, du würdest dir nur Sorgen machen. Und du kannst mir glauben, dass ich mir genug Sorgen für uns beide mache. Aber wie Maddy gesagt hat, sobald ich wieder Bühnenbretter unter den Füßen habe, werde ich mich bestens fühlen.

18.25 Uhr

Die Visagistin musste zweimal an mir arbeiten. Zuerst, als ich mit Schminken dran war. Aber dann tauchte sie ein zweites Mal auf, um mich noch einmal abzupudern, weil mein Gesicht immer noch vor Schweiß glänzte.

»Du bist doch nicht etwa nervös, Schatz?«, fragte sie.

Kein Wunder, dass sie das dachte, denn mir strömte der Schweiß aus allen Poren. Aber ich kannte den wirklichen Grund. Der grässliche Virus, der mich daran erinnerte, dass er immer noch irgendwo da drinnen lauerte.

18.35 Uhr

Evie hat uns weitere Einzelheiten der Show erklärt. »Da ihr ja alle bereits Sieger seid, werden die Zuschauer diesmal keine Tröten haben. (In den Vorrunden konnten Kinder in kleine Tröten blasen, wenn ihnen eine Nummer nicht gefallen hatte.) Aber wenn eure drei Minuten vorbei sind, werdet ihr einen lauten Trompetenton hören. Dann müsst ihr eure Nummer augenblicklich beenden. Falls ihr das nicht macht, werde ich auf die Bühne kommen und euch runterholen. Es wäre mir lieber, wenn ich das nicht tun müsste, und ich bin sicher, dass es euch auch lieber wäre, wenn euch diese Demütigung erspart bliebe. Und jetzt habe ich noch aufregende Neuigkeiten für euch: Mickey Boyd wird heute die Show moderieren.«

Ich erinnerte mich ganz entfernt, schon mal von ihm gehört zu haben. Er war vor ewigen Zeiten in einer Boyband gewesen und hatte im Fernsehen eine Spielshow moderiert. Nun machte er bei diesem Sender wieder etwas Ähnliches (die Sendung hatte ich mir aber noch nie angesehen).

»Mickey wird jetzt reinschauen, um euch zu begrüßen«, sagte Evie und klang ungeheuer begeistert.

Ein überraschend kleiner Typ in einem weißen T-Shirt, schwarzem Jackett und Jeans kam mit federnden Schritten herbeigeeilt. Er verströmte Selbstsicherheit aus jeder Pore und schrie »Weyheyhey« – das war sein Erkennungszeichen gewesen, damals in der Steinzeit. »Stars von morgen, jetzt trefft ihr einen Star für die Ewigkeit.« Evie warf lachend den Kopf zurück, als hätte er gerade den besten Witz aller Zeiten gerissen. »Ich kann mir vorstellen, wie aufgeregt ihr seid, mich kennenzulernen«, fügte er hinzu, woraufhin er und Evie wieder lachten. Er meinte es gleichzeitig witzig und doch irgendwie ernst. »Aber ihr braucht nicht in Ehrfurcht zu erstarren oder übermäßig nervös zu sein, wenn ihr mit mir auf der Bühne steht. Ich sage nur schnell ein paar Sätze und dann seid ihr dran. Seid einfach mega-tastisch, okay?«

»Ein Riesendankeschön«, gurrte Evie. »Ich bin sicher, die Teilnehmer wären für jeden Rat dankbar, den du ihnen geben kannst.«

»Also gut«, sagte Mickey Boyd, »ich rate euch allen, wenn ihr noch mal für kleine Mädchen müsst, dann wäre jetzt der geeignete Zeitpunkt.«

Darüber lachte Evie so schallend, dass ich nicht überrascht gewesen wäre, wenn sie sich selbst gleich in die Hose gepinkelt hätte.

Und dann war unsere Audienz mit dieser selbst ernannten Legende vorbei.

»War es nicht total nett von Mickey, vor der Show mit euch zu reden?«, fragte Evie.

Keiner antwortete. Ich raunte Poppy zu: »Weyhey, Poser.«

18.42 Uhr

Ich kam gerade wieder vom Klo (die widerlichen Einzelheiten erspare ich dir), als ich Poppy in ihrem Rollstuhl den Flur entlangbrettern sah. Sie hatte Mütze und Schal an, was ich seltsam fand. Als sie an mir vorbeidüste, rief sie: »Tschüs, Luis, ich hoffe, dass du gewinnst.«

»Wohin so eilig?«, fragte ich.

Sie hielt an. »Nach Hause«, sagte sie.

Mit ein paar schnellen Schritten war ich bei ihr. »Wovon redest du da? Du hast das doch vorhin mit links geschafft.«

»Reines Glück«, unterbrach sie mich. »Weißt du, ich habe sehr große Daumen.«

»Das ist natürlich das Ende deiner Karriere. Große Daumen sind die absolute Katastrophe.« Ich beugte mich zu ihr runter und sah mir ihre Daumen übertrieben genau an. »In einem Horrorfilm habe ich bestimmt mal größere Daumen gesehen. Nein, sie sehen völlig normal aus. Ehrlich.«

Sie schüttelte den Kopf. »Außerdem war ich vor dem letzten Auftritt ganz zittrig.«

»Das waren wir alle. Aber auf der Bühne hast du dann dein Bestes gegeben.«

»Aber ich schaffe das nicht noch mal. Ich kann es nicht. Ich werde Opa bitten, mich bei meinen Zaubertricks zu filmen und die Videos dann bei YouTube hochzuladen. Das läuft aufs Gleiche hinaus. Nun ja, beinahe. Ich hoffe wirklich, dass du gewinnst.« Dann setzte sie ihren Rollstuhl wieder in Bewegung.

Wenn sie so dringend wegwollte, sollte ich sie dann nicht einfach ziehen lassen? Schließlich war sie meine größte Konkurrentin! Ich kann dir sagen, die Versuchung war groß, sie einfach ihrem Schicksal zu überlassen. Aber im Grunde wusste ich, dass ich das nicht übers Herz brachte.

»Wenn du jetzt gehst«, rief ich ihr hinterher, »werde ich nie wieder mit dir reden. Du hältst das vielleicht für einen weiteren guten Grund abzuhauen. Allerdings wirst du dir niemals verzeihen, dass du diese riesige und womöglich einmalige Chance nicht genutzt hast. Und das nur wegen irgendeinem Unfug über Riesendaumen und einem zu früh erreichten Karrierehöhepunkt. Ich weiß jedenfalls, warum du wirklich gehst. Soll ich es dir verraten?«

»Nur zu.« Poppy hatte angehalten und sah mit noch größeren Augen als gewöhnlich zu mir hoch.

»Du hast einfach extremes Lampenfieber. Das ist fantastisch.«

»Wieso denn?«

Ich ging zu ihr. »Weil es bedeutet, dass es dir todernst damit ist, gut zu sein. Wenn du kein Lampenfieber hättest, dann wäre das ein Grund, besorgt zu sein. Wie du siehst, ist also alles in bester Ordnung. Und soll ich dir noch was sagen? Wir haben alle entsetzliches Lampenfieber, ich auch. Ich sogar ganz besonders.«

»Du siehst tatsächlich ein wenig verschwitzt aus.«

»Na, herzlichen Dank auch.« In dem Moment schwankte ich von ihr weg, denn mir war plötzlich furchtbar schwindlig.

»Luis, ist mit dir alles in Ordnung?«

»Na klar, ich habe mir nur deine Daumen näher angesehen. Sie sind unglaublich. Sie sollten sogar eine eigene Fernsehserie bekommen.«

Poppy lachte immer noch, als Evie in den Flur hinausrief. »Ich lose jetzt ein letztes Mal die Reihenfolge aus. Kommt alle zurück in den Green Room, denn das ist der wichtigste Augenblick.«

Ich sah zu Poppy runter. »Jetzt solltest du dich entscheiden.«

Nach einem kurzen Augenblick der Stille sagte sie leise: »Weißt du was, vielleicht bleibe ich doch lieber.«

»Und falls du heute Abend gewinnst – was sehr wahrscheinlich ist –, werde ich mir sehnlichst wünschen, ich hätte dich heimgehen lassen.«

18.50 Uhr

Ben und sein Papagei Benny sind als Erste dran. Ben sieht darüber nicht allzu glücklich aus. Ich klopfe ihm auf den Rücken. Dann höre ich, wer als Zweiter drankommt. Ich. Nicht so schlimm, wie der Erste zu sein, aber auch nicht viel besser.

19.04 Uhr

Ich stehe in den Kulissen und warte. Ich bin stinksauer, denn Mickey Boyds Moderation artet in eine One-Man-Show aus. Er redet ohne Punkt und Komma über sich selbst. Es dauert Jahrhunderte, bis er endlich Ben und Benny erwähnt.

19.07 Uhr

Endlich darf Ben auf die Bühne, wo er tapfer seine Mundharmonika spielt und verzweifelt versucht, den Papagei zu irgendwelchen Aktionen zu animieren. Plötzlich stößt Benny einen markerschütternden Schrei aus und segelt von der Bühne. Ben steht ein paar Sekunden lang schreckensstarr da und weiß nicht, was er als Nächstes tun soll. Einige der Zuschauer buhen ihn aus, was ich ziemlich gemein finde. Dann verlässt auch er die Bühne.

Jetzt ist die Frage: Werden die beiden zurückkehren?

Ich höre den großen Papagei hinter der Bühne einige Male krächzen, aber das ist alles.

19.10 Uhr

Es sieht nicht so aus, als ob Ben oder Benny wiederkommen, was bedeutet, dass ich jeden Augenblick dran bin.

19.11 Uhr

Evie sagt mir, dass ich mich bereithalten soll. Jetzt geht es los. Ich bin vor Aufregung wie elektrisch aufgeladen, doch dann rumort es in meinem Magen wie in einem brodelnden Vulkan. Das ist ein Warnsignal. Es könnte jeden Moment wieder einen Ausbruch geben!

Und zwar genau jetzt.

Aber das darf nicht passieren, denn das hier ist meine große Chance – und Evie gibt mir gerade das Zeichen, dass ich auf die Bühne soll …

Jetzt wird's eklig

21.45 Uhr

Liebes Tagebuch, was würde ich nur darum geben, wenn ich den heutigen Abend einfach ungeschehen machen könnte. Was wäre das für eine unglaublich tolle Superkraft, wenn ich die Zeit zurückdrehen könnte, und sei es nur um ein paar Stunden. Denn es gibt etwas, das ich furchtbar gern auslöschen möchte …

Aber das kann ich nicht und ich habe mich heute Abend live im Fernsehen …

Ich bin so enttäuscht von mir.

Das Grauen begann, als ich auf die Bühne wankte und mich von Sekunde zu Sekunde elender fühlte. Während der Probe hatten wir einstudiert, wo wir stehen sollten, nämlich direkt neben Mickey Boyd, im strahlenden Scheinwerferlicht.

Ich musste Mickey Boyd sagen, dass ich auf der Stelle die Bühne verlassen musste. Dann würde ich zum nächsten Klo rennen. Vielleicht würde man mich wieder auf die Bühne zurücklassen, nachdem ich das ganze fiese Zeug losgeworden war und mich gereinigt hatte. Ich könnte sogar ein paar Witze darüber machen. Noch war nicht alles verloren, vorausgesetzt, ich handelte jetzt.

Das Problem war, dass Mickey Boyd mich nicht einmal ansah. Stattdessen fiel sein Blick auf jemanden im Zuschauerraum – eine bildhübsche Frau in der zweiten Reihe. Mickey Boyd machte sie mit seinem »Weyheyhey«-Spruch an und sie spielte mit.

Ich atmete ein paar Mal tief durch. Es half nicht. Dann sah ich, dass Evie in den Kulissen unruhig wurde und immer wieder auf ihre Armbanduhr deutete. Mickey Boyd beachtete auch Evie nicht. Seine ganze Aufmerksamkeit galt immer noch der hübschen Lady in der zweiten Reihe.

Aber ich konnte keine Sekunde länger warten. Ich schluckte schwer und rief: »Ich muss dich mal kurz unterbrechen, Mickey.« Er wirbelte herum, und sein Blick fiel auf Evie, die in den Kulissen heftig gestikulierte.

Ein wütendes Funkeln trat in seine Augen, da er dachte, ich und Evie würden ihn zur Eile antreiben. Für eine Legende wie ihn eine Zumutung.

Mickey entblößte seine umwerfend weißen Zähne und rief: »Unser junger Freund hier wird wohl ungeduldig.« Dann lächelte er die Frau in der zweiten Reihe an. »Oder er möchte, dass ich Sie ihm vorstelle. Wer könnte ihm das verübeln?« Dann streckte er die Hand aus und zog mich zu sich. Diese ruckartige Bewegung gab den Ausschlag. Es kam völlig überraschend. Bevor ich wusste, wie mir geschah, spuckte ich Mickey Boyd von oben bis unten voll.

Ich konnte es nicht verhindern. Ich konnte es nicht aufhalten.

Mein Mund brannte von der Kotze, die unter solchem Druck hinaussprühte, dass ich Mickey Boyd innerhalb weniger Sekunden von oben bis unten mit Karottenstücken bedeckt hatte. Das Zeug tropfte von seinem Gesicht und floss schleimig glänzend seine Jacke hinab.

Ich starb fast vor Scham und Entsetzen. Und wenn Mickey Boyd sich umgedreht und mir einen Fausthieb verpasst hätte, wäre ich ihm deswegen nicht böse gewesen.

Aber er stand einfach nur da, während das fies aussehende gelbe Zeug weiter von seinem Kinn tropfte. Selbst jetzt war auf seinem Gesicht immer noch das breite Mickey-Boyd-Lächeln festgefroren.

Das Publikum lachte nicht, buhte nicht, gar nichts. Es war in einen See aus Stille getaucht, die ohrenbetäubendste Stille, die ich je gehört hatte.

Ich musste wenigstens etwas sagen und versuchen, mich bei allen zu entschuldigen. Also öffnete ich den Mund, aber es kamen keine Worte raus. Ich zischelte nur wie Wasser auf einer heißen Herdplatte, bis eine kleine Armee, angeführt von Ned und Evie, die Bühne stürmte. Sie ignorierten mich komplett, denn sie waren vollauf damit beschäftigt, den tropfenden, aber immer noch grinsenden Mickey Boyd von der Bühne zu zerren.

Einige Leute klatschten, als Mickey ging. Es waren sogar ein paar Beifallsrufe zu hören. Inzwischen kam ein Typ mit Bürstenschnitt und einem übel aussehenden Geschwür am Hals auf die Bühne getrampelt und zog mich mehr oder weniger fort, während ich vor Scham bebte. Ich hielt ihn für einen Sicherheitsangestellten, aber ich kam nicht dazu, ihn nach seinem Beruf zu fragen. Er war kein Mann vieler Worte, sondern sagte nur »Da rein«, als wir beim Klo angelangt waren.

Aber ich hatte mich komplett entleert. Also reinigte ich mich lediglich und hörte dann, wie ein Mädchen zu singen begann. Die Show lief also weiter. Das hob meine Laune gewaltig. Ich fragte mich sogar, ob ich vielleicht noch mal auf die Bühne durfte.

Ich begann, mir die Szene vorzustellen. Ich würde zurückkehren, meine Nummer mit Felix zum Besten geben und das Publikum in schallendes Gelächter ausbrechen lassen. Am Ende meines Auftritts würden alle aufstehen und begeistert dem Jungen zujubeln, der alle so wunderbar unterhalten hatte, obwohl ihm grässlich schlecht war.

Tatsächlich passierte aber Folgendes: Der Mann mit dem üblen Geschwür führte mich ein paar Gänge entlang. Zuerst dachte ich, dass es zurück in die Garderobe ging, wo mein Make-up aufgefrischt werden sollte. Doch stattdessen wurde ich zur Rückseite der Studios geführt, wo eine Tür sich scheppernd öffnete.

Er deutete auf die Tür. »Warte da draußen.«

»Geht es für mich wieder nach Hause?«, fragte ich.

Er nickte und ließ mich allein. Ich stand ein paar Sekunden lang unter dem dunklen Himmel. Dann kurvte ein Auto heran. Der Fahrer war derselbe wie auf der Herfahrt. Als ich mich auf den Rücksitz fallen ließ, sah er mich mit stark gerunzelter Stirn an.

Schweigend hockten wir da, bis Dad und Maddy mit gesenkten Köpfen auf das Auto zugelaufen kamen. Sie schienen sich genauso zu schämen wie ich.

Dad öffnete die Vordertür und rief: »Maddy hat mir gesagt, dass du einen fiesen Magen-Darm-Virus hast. Warum in aller Welt hast du mir das nicht erzählt?«

»Weil ich dachte, dass du mir dann verbieten würdest, heute Abend herzukommen«, murmelte ich erschöpft. »Und jetzt wünschte ich mir so sehr, du hättest es getan.«

Dad seufzte zum Steinerweichen. »Dazu sage ich jetzt besser nichts, sonst platzt mir der Kragen.«

Der Fahrer, der seinen Senf ebenfalls dazugeben wollte, stieß einen gewaltigen Seufzer aus und sagte dann bissig: »Falls einer von euch beiden sich übergeben muss, dann sagt ihr Bescheid, ist das klar? Ich habe das Auto gerade erst reinigen lassen.« Diesmal bot er uns keine Malzbonbons an.

Ich flüsterte Maddy zu: »Heute habe ich es wirklich gründlich vermasselt, nicht wahr?«

Sie murmelte: »Jeder muss sich mal übergeben. Jeder.«

»Aber nicht live im Fernsehen.«

Darauf fiel Maddy keine Antwort ein. Also drückte sie nur ganz fest meine Hand.

Ich rang mir ein Lächeln ab. »Ich wette, dass es dir jetzt furchtbar leidtut, dass du mit mir Schluss gemacht hast.«

Als ich heimkam, musste ich noch mal ein bisschen spucken. Dann ließ ich mich rückwärts auf mein Bett fallen und da bin ich jetzt.

Es kommt wohl nicht überraschend, dass ich nicht besonders gut drauf bin (Untertreibung!). Hey, mir fällt nicht mal ein Witz ein.

Dann mache ich besser Feierabend.

Danke für deine Aufmerksamkeit. Es tut mir leid, dass ich dich heute Abend enttäuscht habe.

DAS ENDE.

VERMUTLICH.

Luis, der Leidende.

Jetzt kommt Felix

Samstag, 14. Dezember

12.30 Uhr

Hi, ich bin Felix. Du hast sicher schon von mir gehört. Ich habe gute Neuigkeiten: Ich übernehme jetzt dieses Tagebuch. Wo ist Luis?

Nun, falls es dich überhaupt interessiert, er liegt immer noch im Bett und fühlt sich entsetzlich angeschlagen. Aber das ist es nicht, was ihm zu schaffen macht. Es war immer sein großer Traum, Komiker zu werden. Tja, nach dem gestrigen Abend würde ich sagen, dass er sich einen neuen Traum suchen muss, findest du nicht auch? Wie wäre es mit Hummeldompteur? Da sind sicher noch Stellen frei. Haha.

Um ehrlich zu sein, habe ich Luis nie besonders witzig gefunden. Jedenfalls nicht im Vergleich zu mir. Ich bin der eigentliche Star der Nummer, denn ich kenne viel bessere Witze, zum Beispiel diesen:

Was klebt besser – Uhu oder Pattex?
Das kann nur der Haftrichter entscheiden.

Wir werden eine Menge Spaß miteinander haben.

12.40 Uhr

Ach ja, und falls du dich fragst, wie *Kids mit Biss* weitergegangen ist: Mickey Boyd hat sich umgezogen und ging zurück auf die Bühne. Er badete in brandendem Applaus und dann lief die Show ganz normal weiter. Gewonnen hat übrigens Poppy. Ihr Preis ist natürlich ihre eigene halbstündige Weihnachtssendung, die sie nächste Woche aufzeichnen wird. Wenn Luis schon verloren hat, dann wenigstens gegen sie. Das hätte ihm gefallen. So weit die einzige gute Neuigkeit.

Was nun Luis selbst angeht: Er hat sich komplett zurückgezogen und beantwortet nicht mal seine Facebook-Nachrichten. Aber wer könnte es ihm verübeln?

Jetzt ein Witz passend zur Jahreszeit:

Was sagt ein Hase, wenn er einen Schneemann überfällt?
Her mit der Möhre oder ich hole den Föhn.

Von Luis hast du nie einen so guten Witz zu hören bekommen, stimmt's?

Sonntag, 15. Dezember

16.50 Uhr

Falls du dir Sorgen gemacht hast – was du nicht getan hast –,

Luis ist jetzt aufgestanden und schlürft Suppe. Jawohl, er hat endlich aufgehört, sich zu übergeben.

18.00 Uhr

»Das ist ein Ereignis in deinem Leben, das du sicher am liebsten vergessen möchtest.«

Luis brauchte einen Augenblick, um zu kapieren, worüber seine Mum sprach. Nämlich nicht über seinen megapeinlichen Fernsehauftritt, sondern über seine gescheiterten Versuche als Fälscher. Sie fuhr fort: »Wir machen alle Fehler, aber das Entscheidende ist, dass wir aus ihnen lernen.« Und sie fügte hinzu: »Was nun deinen Fernsehauftritt am Freitag anbetrifft– was da passiert ist, kommt dir jetzt ganz furchtbar vor, aber frag dich doch, wie du in fünf Jahren darüber denken wirst. Ich hoffe, das hilft dir, es mit etwas mehr Abstand zu betrachten.«

Tat es nicht.

Und Luis hat immer noch für den Rest des Jahres Hausarrest.

Und morgen muss er wieder in die Schule. Viel Glück dabei.

Wie wäre es mit einem Schulwitz?

»Oh, mein Mathebuch ist weg«, sagt der Schüler.

»Wie lange vermisst du es denn schon?«, fragt der Lehrer.

»Ach, ich würde nicht direkt sagen, dass ich es vermisse.«

Montag, 16. Dezember

16.10 Uhr

Luis ging zu Fuß in die Schule und verbarg sein Gesicht teilweise unter einer Nikolausmütze.

Und dann ging es los.

Einige Jungs hielten es für saukomisch, vor Luis zurückzuschrecken, als hätten sie Angst, dass er sie vollkotzen würde. Andere fragten ihn so Sachen wie:

»Hast du das mit Absicht gemacht?«

Und: »Welchen Promi nimmst du dir als Nächstes vor?«

Ein anderer Junge sagte, er hätte mal beobachtet, wie jemand in der Achterbahn seinem Freund auf den Kopf gekotzt hatte. »Aber die Aktion von Luis ist noch zehnmal widerlicher gewesen.« Ich glaube, das sollte ein Kompliment sein.

Die Mädchen sagten immer nur ein einziges Wort, wenn sie Luis sahen. »Ekelhaft.«

Bis zum Nachmittag hatte Luis sogar einen neuen Spitznamen bekommen. Er fände es schrecklich, wenn ich ihn dir verrate, darum mache ich es natürlich: der Superkotzer. Der Name verfolgt ihn überall hin. Würdest du es nicht auch hassen, wenn man dich so nennen würde?

Egal.

Wie nennt man einen Spanier ohne Auto?

Carlos.

Dienstag, 17. Dezember

Maddy hat gerade angerufen, um Luis zu sagen, dass das Video von seiner Kotzattacke auf Mickey Boyd sich wie ein Lauffeuer im Internet verbreitet hat.

»Es ist ein Hit auf YouTube«, rief sie.

»Und was soll daran gut sein?«, fragte er verbittert.

Leise antwortete sie: »Es bedeutet immerhin, dass eine Menge Menschen dich sehen.«

»Die abstoßendste Version aller Zeiten von mir. Aber immerhin, wer weiß, vielleicht bekommt meine Kotze ihre eigene Show.«

»Ach Luis, nun sei doch nicht so. Du bist jetzt irgendwie berühmt.«

»Aber ich möchte nicht berühmt sein als der abstoßende Junge, der Mickey –«

»Oh ja«, unterbrach ihn Maddy, »Mickey Boyd tritt in allen möglichen Sendungen auf und tut so, als wäre es halb so schlimm gewesen. Er bekommt jetzt seine eigene Kochshow. Mum sagt, er wäre schon lange nicht mehr in den Hauptprogrammen zu sehen gewesen, also hat er kräftig davon profitiert, dass du –«

»Ich freue mich wirklich für ihn«, sagte Luis. »Ich freue mich wirklich für alle außer mich.«

»Ich will dir bloß helfen.«

»Die Mühe kannst du dir sparen.«

»Dann lasse ich es eben. Ich weiß sowieso nicht, warum du es an mir auslässt«, fügte sie leise hinzu. Sie legte auf, bevor er etwas antworten konnte.

Luis weiß, dass sie nur helfen möchte.

Aber das Letzte, was er möchte, ist Mitleid – besonders von Maddy.

Er hat schließlich noch einen Rest Stolz. Irgendwo. Aber hauptsächlich kommt er fast um vor Scham.

Zeit für einen Witz.

Fragt die Erzieherin im Kindergarten eine Mutter: »Welches ist denn Ihr Kind?«
Sagt die Mutter: »Egal, geben Sie mir irgendeines, ich bringe es morgen sowieso wieder her.«

Ich wette, du hast Luis kein bisschen vermisst, nicht wahr?

Auf der Flucht

Mittwoch, 18. Dezember
17.10 Uhr

Jo, Luis, die Lachnummer, ist wieder am Start.

Ist finde, dass Felix viel zu überheblich geworden ist.

Und ich möchte dir etwas anvertrauen. Ich habe gerade eine bedeutungsvolle Entscheidung getroffen. Aber zuerst möchte ich erwähnen, dass ich ganz entsetzlich die Schnauze davon voll habe, Superkotzer genannt zu werden. Und die Langeweile beim Nachsitzen bringt mich fast um. Aber auf dem Heimweg kam ein etwa sechzehnjähriges Mädchen auf mich zugerannt. Sie wirkte total aufgeregt, dabei hatte ich sie nie zuvor gesehen.

»Wow! Du bist es wirklich, nicht wahr?«

»Als ich das letzte Mal nachgesehen habe, war ich es noch.« Ich grinste. Sie wollte ein Selfie mit mir machen. Ich stimmte sofort zu. Ich war sogar ein bisschen geschmeichelt, bis sie hinzufügte: »Du musst dabei so aussehen, als ob du gleich reihern wirst.«

Ach ja? Ich war alles andere als begeistert.

»Na klar«, sagte sie, »sonst ist das Foto doch sinnlos.«

Also spielte ich tapfer jemanden, der reihern musste. Doch dann sagte ich zu ihr: »Eigentlich bin ich zu *Kids mit Biss* gegangen, um Witze zu erzählen. Ich hatte eine tolle Nummer vorbereitet. Hier ist ein kleines Beispiel: Was ist grün und steht vor der Tür? Ein Klopfsalat.

Wie hat dir der gefallen?«

Sie antwortete nicht, denn sie hörte mir nicht einmal zu. Sie telefonierte. »Hey, du kennst doch diesen echt ekelhaften Jungen auf YouTube. Ich hab dir ja gesagt, dass er in meiner Nähe wohnt, und jetzt hab ich ihn eben getroffen ...«

Traurig starrte ich sie an. »Es war mein Traum, Witze zu erzählen, nicht selbst zur Witzfigur zu werden.«

Aber natürlich hörte sie das nicht mehr.

Während ich heimwärts trottete, dachte ich, dass es so nicht weitergehen konnte. Die ganze Welt lachte über mich. Es wurde höchste Zeit, dass ich etwas dagegen unternahm. Und das werde ich, und zwar, indem ich abhaue.

Morgen in aller Herrgottsfrühe werde ich mich auf den Weg zu meinen Großeltern machen.

Und zwar nicht zu Dads Eltern, die ganz in der Nähe wohnen, sondern zu Mums Eltern, die in einem kleinen Kaff im tiefsten Suffolk leben.

Dort hat man nie einen vernünftigen Handyempfang. Wenn man mit jemandem reden will, muss man sich einer uralten Erfindung namens Festnetz bedienen. Darüber hinaus haben Oma und Opa nicht mal einen Fernseher, geschweige denn einen Computer. Sie sind zu sehr damit beschäftigt, Kaulquappen zu fangen und auf die Dampflok zu warten. Früher habe ich es gehasst, sie zu besuchen. Es war, als würde man in die Fünfzigerjahre zurückreisen, aber jetzt erscheint es mir wie der perfekte Zufluchtsort.

Meine Großeltern wissen noch gar nicht, dass ich sie besuchen werde. Aber ich habe mir gedacht, wenn ich einfach vor ihrem Cottage aufkreuze, und das auch noch so kurz vor Weihnachten, dann können sie mich schlecht abweisen, nicht wahr? Ich möchte gerne mindestens ein Jahr bei ihnen bleiben. Aber das werde ich ihnen nicht gleich am ersten Abend unter die Nase reiben. Ich muss sie schonend darauf vorbereiten.

Ich habe ein bisschen Taschengeld gespart, damit kann ich die Fahrkarte bezahlen, vorausgesetzt, ich nehme einen Zug nach halb zehn. Mein Plan sieht folgendermaßen aus. Ich werde so tun, als ob ich mich wie immer auf den Weg in die Schule mache, aber stattdessen werde ich heimlich zum Bahnhof gehen. Morgen um diese Zeit weile ich bereits glücklich an einem Ort, an dem die Zeit stehen geblieben ist.

Von dort aus werde ich Mum und Dad anrufen, wahrscheinlich kurz bevor sie aufbrechen, um Elliot in *Oliver Twist* zu bewundern. Ich werde ganz freundlich zu ihnen sein und sie behutsam daran erinnern, dass noch genug Zeit ist, mir meine Weihnachtsgeschenke per Post zu schicken. Ich habe wirklich an alles gedacht.

19.05 Uhr

Rate mal, wer mich gerade besuchen kam. Ausgerechnet Edgar.

Elliot öffnete die Haustür und starrte dann Edgar an, der einen Tweedblazer mit Ellbogen-Patches trug.

»Ist der echt?«, flüsterte er mir zu.

»Leider ja«, zischte ich zurück.

Da alle im Wohnzimmer saßen, führte ich Edgar in die Küche.

»Das ist eine unerwartete …«, fing ich an. »Nun, es ist jedenfalls unerwartet.«

»Mach dich auf was gefasst«, rief Edgar. »Ich habe Maddy zum Tanzen eingeladen.«

»Was!«

»Im örtlichen Seniorenheim findet eine Feier statt, um die Weihnachtszeit einzuläuten. Ich helfe dort aus, darum werde ich an der Festlichkeit teilnehmen. Es wird auch kleine Erfrischungen geben, ich weiß nicht genau, was für welche. Vielleicht Chips.«

»Wow.«

»Und Maddy hat sich bereit erklärt, mich zu begleiten.« Plötzlich studierte Edgar mich ganz genau.

»Okay, geht in Ordnung«, sagte ich.

»Wirklich?« Er klang fast ein wenig enttäuscht.

»Na klar, obwohl ich mir dich nicht beim Tanzen vorstellen kann.« Dann begann ich zu lachen.

»Meine bevorzugte Musikauswahl für eine Party wäre der Klang eines Cembalos«, sagte Edgar.

»Verzeihung, sind wir im 17. Jahrhundert?«

»Aber ich werde mich meiner Umgebung anpassen«, sagte Edgar, »da ich denke, dass dies das perfekte Umfeld ist, um Maddy zu fragen, ob sie mit mir gehen will.« Ich hörte auf zu lachen. Er fuhr fort: »Und ich bin mir mit akzeptabler Fehlertoleranz sicher, dass sie dieses Mal Ja sagen wird.«

Einen Augenblick stand ich nur stocksteif da, während mein Herz in meiner Brust herumsprang und schließlich von hinten gegen meine Schneidezähne knallte.

Ich hatte gehofft und mir gewünscht, dass Maddy und ich irgendwie wieder zusammenkommen könnten …

Aber genug davon, sagte ich mir hastig. In den letzten Tagen hatte ich kaum mit Maddy gesprochen. Da ich vorhatte, das Land zu verlassen, und sie wahrscheinlich mehr als ein Jahr lang nicht mehr sehen würde … Nun, Maddy verdiente es, einen Freund zu haben. Und wieso nicht Edgar? Tja, aus zahlreichen Gründen.

Aber Edgar war jetzt supererfolgreich. Trotz – oder vielleicht wegen seiner exzentrischen Art – war Edgar erneut vom lokalen Fernsehsender eingeladen worden, um an Silvester weitere seiner Gedichte vorzulesen.

Ja, warum nicht Edgar?

Also sagte ich nur: »Danke, dass du mir Bescheid gesagt hast.«

Edgar schwieg einen Augenblick (höchst ungewöhnlich) und sah mich weiterhin besorgt an.

»Nein, ich habe wirklich kein Problem damit«, beharrte ich.

»Danke«, sagte er. »Ich wollte mich ehrenhaft verhalten und es dir sagen.«

»Das hast du ja nun getan.« Dann lenkte ich meinen Blick betont in Richtung Tür.

Aber statt zu gehen, fragte er: »Hast du irgendwelche Pläne für Weihnachten?«

»Ich gehe fort.«

»Bald?«, fragte Edgar.

»Sehr bald«, sagte ich bestimmt.

Edgar wandte sich zum Gehen. »Du weißt schon, dass du ein Internetstar bist.«

»Kümmert mich nicht«, meinte ich kurz angebunden.

»Nun, ich habe gute Neuigkeiten. Das Internet ist nur eine Modeerscheinung.«

»Sagt wer?«

»Ich«, antwortete Edgar. »Die Menschen werden es bald überhaben, ihr Leben auf einem Bildschirm zu führen. Ich gebe der Sache höchstens noch zwei Jahre.« Dann verbeugte er sich tief. »Wünsche noch einen schönen Abend.«

19.40 Uhr

Das war knapp eben. Ich war dabei, ein paar Sachen für meinen längeren Aufenthalt in Suffolk zu verstauen, als Mum neugierig hereinkam. Ich konnte gerade noch rechtzeitig meine Schultasche verstecken.

»Was habe ich denn jetzt wieder angestellt?«, fragte ich.

»Ausnahmsweise mal nichts«, sagte Mum. Sie setzte sich auf mein Bett. »Wir haben uns nur gefragt, wie du dich fühlst.«

»Mum, ich bin ein Junge, darum spreche ich nie mit irgendjemandem über meine Gefühle. Das ist ein ungeschriebenes Gesetz.«

»Und außerdem ein völlig unsinniges Gesetz«, sagte Mum sofort. »Es ist für dich keine leichte Woche gewesen. Du schienst völlig in dich gekehrt zu sein und hast kaum etwas gesagt. Es war, als würde man mit einer alten Socke reden.«

»Du sprichst wohl viel mit alten Socken, Mum.«

Mum grinste. »Da ist er ja wieder, der alte Luis, wie wir ihn kennen und lieben.«

»Ich bin froh, dass immerhin irgendjemand es tut«, murmelte ich. »Aber im Ernst, Mum, mir geht's gut, wirklich.«

»Okay«, sagte Mum. »Ich will dich nicht drängen, aber wenn es irgendetwas gibt, worüber du reden möchtest ...«

»Dann weiß ich, wo ich dich finde.« Als mir klar wurde, dass ich Mum längere Zeit nicht sehen würde, fügte ich unvermittelt hinzu: »Mum, ich wünsche dir ein schönes ...« Ich hatte »Weihnachtsfest« sagen wollen, aber änderte es schnell in »Leben«.

Mum sah leicht überrascht aus, aber dann muss sie gedacht haben, dass ich witzig sein wollte, denn sie lächelte nur und meinte: »Übrigens, dein Dad hat aufregende Neuigkeiten für dich. Aber die darf er dir selber erzählen.«

20.10 Uhr

Dads aufregende Neuigkeiten bestanden darin, dass er sich morgen um neun Uhr mit einigen Geschäftskollegen trifft. »In London, oder?«, fragte ich.

»Äh, ja, stimmt«, sagte Dad. »Es ist noch nichts Festes, aber es könnte sich als sehr nützlich herausstellen.«

»Ich freue mich für dich, Dad«, sagte ich.

Es lief jetzt besser zwischen Dad und mir, aber wir standen uns nicht ansatzweise so nahe wie zuvor. Das lag zum Teil daran, dass ich jeden Nachmittag nachsitzen musste und darum nicht mehr sehr viel früher als Mum oder Elliot nach Hause kam.

Ich meinte das auch irgendwie so, wie ich es gesagt hatte. Er verdiente es, wieder einen Job zu finden.

Donnerstag, 19. Dezember

8.45 Uhr

Ich bin mit einer Schultasche aus dem Haus gegangen, in der sich kein einziger Gegenstand für die Schule befindet, dafür alles, was ich nach Suffolk mitnehme. Meine Flucht hat begonnen.

8.55 Uhr

Ich war gerade am Bahnhof angekommen, als ein Jugendlicher auf mich deutete und so tat, als würde er sich fürchten. »Hey, kotz mich bloß nicht voll.«

Ich lachte mich so was von nicht kaputt.

Wirklich höchste Zeit, dass ich abhaue.

11.30 Uhr

Es ist eine Menge passiert.

Ich hatte mich gerade am Kartenschalter angestellt, als hinter mir eine Stimme sagte: »Erwischt!«

Ich fuhr herum.

»Wusste ich's doch, dass du das tun würdest.«

Dringende Nachricht

11.30 Uhr (Fortsetzung)

Ich war völlig perplex. »Was machst du denn hier?«

»Ich wusste es«, wiederholte Maddy, die vor Stolz fast platzte. »Und dann hat Edgar meinen Verdacht bestätigt.«

»Edgar! Was hat er damit zu tun?«

»Nun, ich hatte ihn bei dir vorbeigeschickt.«

»Warum würdest du mir so etwas Schreckliches antun?«

»Du hast ja kaum noch mit mir gesprochen.«

»Ich habe mit fast niemandem mehr gesprochen. Ich wollte mit meiner Scham ganz alleine sein. Das ist ja wohl nicht so schwer zu verstehen, oder?«

Maddy seufzte. »Ach Luis, manchmal benimmst du dich wie ein Riesenbaby.«

»Danke für das Kompliment.«

»Aber Edgar dachte, er könnte dich aushorchen. Darum hat er dir diesen ganzen Mist darüber erzählt, dass er mit mir tanzen gehen will …«

»Dann stimmt es also gar nicht?«

»Oh doch«, sagte sie beiläufig.

Ich fragte mich, ob es auch stimmte, dass er vorhatte, Maddy zu fragen, ob sie mit ihm gehen wollte.

»Es ging darum, dass er versuchen wollte, dir eine Reaktion zu entlocken. Und als dann nichts kam, wusste er, dass es schlecht um dich stand. Also hat er gewartet, bis du dich in Sicherheit gewogen hast, und hat dann die entscheidende Frage gestellt, genau wie ein erstklassiger Detektiv es getan hätte. Er hat dich nach deinen Plänen für Weihnachten gefragt. Als du sagtest, dass du bald weggehen würdest, da wussten wir beide, dass du Fluchtpläne schmiedest. Also haben wir heute Morgen dein Haus observiert und sind dir hierher gefolgt. Wo soll es denn hingehen?«

»Zu meinen Großeltern in Suffolk.«

»Und wie lange gedenkst du zu bleiben?

»So lange, bis die Menschen mich vergessen haben oder bis ich an Altersschwäche sterbe.«

Da begann Maddy zu lachen. Normalerweise ist das das schönste Geräusch auf der Welt, aber bei den extrem seltenen Gelegenheiten, wenn man etwas ernst meint, klingt es überhaupt nicht schön, das kannst du mir glauben.

Also sagte ich total herablassend: »Ich freue mich, dass ich dich belustigen konnte. Und danke, dass du mich verabschieden möchtest, aber die Mühe hättest du dir sparen können. Ich wünsche dir und Edgar viel Spaß beim Tanzen und bei allem anderen, was ihr noch so zusammen plant. Aber jetzt ruft mein neues Leben nach mir. Ich sende dir ein Rauchzeichen, wenn ich angekommen bin. Fröhliche Weihnachten.«

Ich hatte mich schon abgewandt, als Maddy mir auf die Schulter tippte. Langsam drehte ich mich wieder um, und dann stieß Maddy ein Seufzen aus, das sich mehr wie ein Zischen anhörte. »Glaubst du wirklich, dass ich hergekommen bin, um dir zum Abschied zuzuwinken und dabei in mein Taschentuch zu schluchzen?« Bevor ich etwas erwidern konnte, fügte sie hinzu: »Und falls du dir eine Fahrkarte kaufst, schiebe ich sie dir in den Allerwertesten.«

Die Frau, die in der Schlange vor mir stand, keuchte entsetzt auf. Auch ich hätte beinah gekeucht. Ich hatte Maddy noch nie so aufgekratzt erlebt. Außerdem war heute ein Schultag, also hatte sie geschwänzt, um mich zu finden. So etwas tat sie nicht ohne guten Grund.

»Na, komm schon«, sagte sie, »du fährst heute nirgendwo hin, denn ich muss dir etwas sagen.«

»Was?«, fragte ich sofort. Maddy ging ein paar Schritte weg. »Komm mit und finde es heraus.« Und schon lief ich ihr hinterher. »Hier können wir nicht reden«, sagte sie. »Es ist zu voll.« Also gingen wir zur Rückseite des Bahnhofs, wo bereits Leute am Taxistand warteten.

»Ich hoffe für dich«, sagte ich, »dass es das wert ist.«

»Luis, als deine Agentin muss ich dir zunächst einmal sagen, dass niemand dir deine Bestimmung wegnehmen kann.«

»Wegen so etwas habe ich meinen Platz in der Schlange aufgegeben?«

»Nein«, erwiderte Maddy, »ich habe außerdem Neuigkeiten für dich, aber zunächst sollst du wissen, dass ich mich noch nie für dich geschämt habe. Aber heute tue ich es. Einfach die Biege zu machen, ohne ein Wort zu mir, deiner Agentin …«

»Und was ist die Neuigkeit?«, unterbrach ich sie.

Sie starrte mich einen Augenblick lang an und sagte dann mit aufgeregt zitternder Stimme: »Poppy möchte, dass du sie dringend anrufst.«

»Poppy!«, wiederholte ich.

»Ja, das Mädchen, das gewonnen …«

»Ich weiß, wer sie ist.«

»Sie versucht seit Tagen, dich zu erreichen. Sie hat haufenweise Nachrichten auf deiner Facebook-Seite hinterlassen.«

»Ich habe niemandem mehr geantwortet.«

»Gestern Abend hat sie sich schließlich mit mir in Verbindung gesetzt, total aufgeregt. Ich habe versucht, dich anzurufen, aber dein Handy war wie üblich abgeschaltet.«

»Warum will sie denn so dringend mit mir sprechen?«

»Ruf sie an und frag sie selber«, sagte Maddy.

»Ich habe ihre Nummer nicht.«

»Aber ich habe sie«, sagte Maddy und klang dabei wieder ganz aufgewühlt. »Sie ist heute den ganzen Tag im Studio.«

Dieser letzte Satz traf mich mitten ins Herz. Na klar, Poppy ist in einem Fernsehstudio und arbeitet an ihrer halbstündigen Gewinner-Spezialshow. Einen Augenblick lang sehnte ich mich wie verrückt danach, ich wäre derjenige gewesen. Dann reichte Maddy mir ihr Handy. »Es klingelt, aber Poppy ist vielleicht sauer auf dich.«

Das war sie.

»Seit etwa acht Jahrhunderten bombardiere ich dich mit Nachrichten und du hast jede einzelne ignoriert«, sagte sie aufgebracht.

»Schau, das ist nichts Persönliches. Es ist nur so, dass ich seit meinem peinlichen Auftritt überall als Witzfigur gelte. Weißt du, wie man mich jetzt in der Schule nennt? Superkotzer.«

Ich erwartete, dass sie Mitleid zeigte, weil mein Leben so eine tragische Wendung genommen hat. Doch stattdessen fuhr sie mich an: »Ach, du armer, armer, armer Luis. Wie lange wurdest du Superkotzer genannt? Fünf Tage, sechs Tage? Das wird den Leuten bald langweilig werden. Bis Neujahr werden sie es garantiert vergessen haben. Du wirst schon sehen. Aber weißt du, wie ich jeden Tag meines Lebens genannt werde? Das Rollstuhlmädchen. Die Leute schauen mich an, und das ist das Erste, ja das Einzige, was sie sehen.«

»Ja, stimmt, und das ist total ärgerlich«, gab ich zu. »Aber du tust mir nicht leid, denn du hast gewonnen.«

»Und hast du gelesen, was auf Twitter darüber geschrieben wird?«

»Nein, was denn?«

»Es heißt, ich hätte nur gewonnen, weil ich im Rollstuhl sitze. Und dass ich die Stimmen nur aus Mitleid bekommen habe.«

»Das ist völliger Quatsch.«

»Danke.«

»Deine Nummer ist toll.«

»Auf Twitter sehen dass einige Leute nicht so. Sie denken, es wäre fairer, wenn es eine spezielle Kategorie für behinderte Künstler gäbe.«

»Die haben sie doch nicht mehr alle.«

»Du hast ja so recht. Aber wenn ich mir das zu Herzen nehme, dann haben sie gewonnen. Darum werde ich mich niemals verstecken oder mein Handy ausschalten.«

»Im Gegensatz zu mir, willst du damit sagen«, meinte ich.

»Maddy denkt, dass ich mich wie ein Riesenbaby benommen habe. Und lass mich raten, du bist sicher derselben Ansicht.«

»Ganz und gar.«

»Ich inzwischen auch. Hattest du angerufen, um mich runterzuputzen?«

»Ja, ich meine, nein, natürlich nicht. Ich probe heute meine Show und morgen ist die Aufzeichnung. Morgen darf ich drei Minuten lang einen Gaststar auftreten lassen. Und weißt du, wen ich ausgesucht habe?«

Ich wagte kaum zu antworten. Ich wagte ja kaum zu atmen.

»Es klingt verrückt, aber ich habe mich für dich entschieden.« Ihre Stimme wurde weicher. »Denn du hast mir geholfen, als ich es am dringendsten gebraucht habe. Wenn du nicht gewesen wärst, dann wäre ich von *Kids mit Biss* einfach weggerollt. Außerdem bist du so verteufelt gut. Jetzt sag doch etwas.«

»Poppy, seit du gewonnen hast, steche ich dauernd Nadeln in ein Foto von dir. Aber zum Zeichen meiner Dankbarkeit werde ich jetzt damit aufhören.«

Sie lachte. »Jetzt klingst du wieder wie Luis.«

»Jetzt fühle ich mich wieder wie Luis. Danke! Und ich werde nie vergessen, was du für mich –«

»Dafür ist jetzt keine Zeit«, unterbrach sie mich. »Ich habe allen anderen gegenüber so getan, als wüsstest du bereits Bescheid. Darum erfährst du von mir jetzt die Einzelheiten.« Sie zählte alles auf und dann musste sie schleunigst zu einem Soundcheck oder etwas in der Art. Ich sah Maddy an. »Hast du das gewusst?«

»Ich schätze, ich habe es irgendwie gehofft.«

»Ich kann es nicht glauben.«

»Ich auch nicht«, stimmte sie mir zu.

»Und wenn du mich nicht davon abgehalten hättest, den Zug zu nehmen ... Da, wo meine Großeltern leben, ist gerade erst das Feuer erfunden worden. Ich hätte die größte Chance meines Lebens verpasst. Also, was machen wir jetzt?«

»In die Schule gehen«, sagte Maddy leicht zweifelnd.

»Tja, ich möchte bestimmt nicht noch mehr Ärger bekommen. So wie es aussieht, muss ich erklären, warum ich den Vormittagsunterricht verpasst habe. Und dann erscheine ich auch noch ohne ein einziges Schulbuch. Aber ich kann noch nicht zurück. Nicht nach diesen Neuigkeiten. Zuerst müssen wir ein wenig feiern.«

Maddy stimmte mir zu. »Wir sollten an keinen zu auffälligen Ort gehen, nur für den Fall, dass einer unserer Lehrer sich dort rumtreibt.«

»Oh ja, kannst du dir vorstellen, was los wäre, wenn ich jetzt Godzilla begegnen würde? Weißt du was, gleich neben dem Bahnhof ist ein kleines Café. Es ist ein bisschen öde, aber dort wird uns niemand sehen.«

»Dann komm«, sagte Maddy.

Als wir rübergingen, warfen wir im Vorbeigehen einen Blick durchs Fenster. Das Café war praktisch verlassen. Also konnte ich Maddy hier fragen, ob sie wirklich mit Edgar zusammen war. Aber dann stieß Maddy einen entsetzten Schrei aus. »Sieh in die andere Richtung.«

»Warum?«

»Weißt du, wer da drin sitzt?«

»Sag bitte, dass es nicht Godzilla ist.«

»Es ist nicht Godzilla. Es ist schlimmer.«

»Schlimmer als Godzilla«, fing ich an. »Das ist unmöglich.« Dann murmelte ich: »Doch, es ist möglich.« Denn ich hatte einen Blick auf meinem Dad erhascht. Ich konnte es nicht glauben. »Aber er ist doch nach London gefahren, um sich mit ein paar Geschäftsfreunden zu treffen!«

»Vielleicht trinkt er vorher einen Kaffee«, überlegte Maddy.

»Ich bin mir ganz sicher, dass er gesagt hat, er müsse um neun in London sein.«

Ich warf einen weiteren Blick auf Dad, der zusammengesunken in der dunkelsten Ecke saß. Er sah aus, als würde die Scham ihn niederdrücken. »Nein, Maddy«, sagte ich, »mein armer alter Dad führt ein Doppelleben. Er behauptet, er hätte diese ganzen wichtigen Treffen, während er in Wirklichkeit hier herumlungert.«

»Wie traurig«, fand Maddy. »Am besten tun wir so, als hätten wir ihn nicht gesehen.«

»Ja«, stimmte ich zu. »Er würde nicht wollen, dass wir sein Geheimnis lüften. Und ich möchte auch nicht erklären müssen, wieso wir hier sind.«

Sie war derselben Ansicht. »Dann lass uns gehen.«

Aber ich konnte nicht widerstehen, einen letzten Blick auf Dad zu werfen.

In dem Moment schaute er hoch und unsere Blicke trafen sich.

Dads Doppelleben

11.50 Uhr

Dads Mimik fror komplett ein. Es war, als hätte ich gerade den Pausenknopf gedrückt. Er konnte nicht fassen, dass ich vor dem Fenster stand.

Was, wenn ich einfach wegschlich? Vielleicht würde Dad dann glauben, dass ihm seine Augen einen Streich gespielt hatten und dass ich nur eine – wie nennt sich das noch mal? – Fata Morgana gewesen war. So heißt das doch, was Menschen sehen, die in der Wüste am Verdursten sind. Wirklich zu schade, dass Dad sich gerade nicht in einer Wüste befand. Besonders durstig war er auch nicht, denn vor ihm stand ein großer Kaffeebecher.

Ganz plötzlich war es, als hätte jemand wieder auf *Play* gedrückt. Dad erwachte zum Leben, sah unfassbar schockiert und irgendwie auch beschämt aus. Außerdem stand er auf und winkte mich herein.

»Ich lass dich allein«, sagte Maddy.

»Wage es ja nicht. Ich brauche Rückendeckung«, erwiderte ich.

Ich schwitzte wie ein Schwein, aber ich versuchte trotzdem, so lässig wie möglich zu Dad rüberzuschlendern. Er stand immer noch. »Howdy, Dad, schön dich zu sehen.«

»Ach ja?«, entgegnete er äußerst trocken. »Setzt euch.« Die Stühle waren groß und schwer und Maddy und ich hockten uns ihm gegenüber.

»Hier sind wir noch nie gewesen«, fuhr ich im Plauderton fort. »Kannst du es empfehlen? Wenn du mich einlädst, hätte ich gern einen Kaffee.«

»Warum bist du nicht in der Schule?«, fragte Dad.

»Du wirst es nicht glauben, aber ich habe mich verlaufen«, sagte ich nicht allzu optimistisch. »Ich dachte, das wäre mein Schulweg, und dann bin ich plötzlich hier gelandet. Das müssen die Spätfolgen von dem Virus sein. Ich habe irgendwo gelesen, dass er vorübergehenden Gedächtnisverlust verursachen kann.«

»Lass dir etwas Besseres einfallen«, sagte Dad. Ich warf einen Seitenblick auf Maddy und sie nickte kaum merklich. Ich wusste, welche Botschaft sie mir damit schickte: Sag ihm die Wahrheit.

»Du wirst lachen«, sagte ich zu Dad. »Ich hatte vor wegzulaufen, aber ich habe es mir anders überlegt, denn ich habe gute Neuigkeiten bekommen.«

»Absolut großartige Neuigkeiten«, warf Maddy ein.

»Ja, warte nur, bis du hörst –«

Aber Dad dachte noch über die andere Bemerkung nach, die ich gemacht hatte. »Du wolltest weglaufen?«

»Ich fürchte, ja«, gestand ich.

»Aber wohin?«

»Zu Oma und Opa auf dem Land. Ich dachte, ich könnte dort ein neues Leben beginnen. Nicht für immer, nur für ein Jahr oder so. Und ich hätte natürlich dafür gesorgt, dass du und Mum mich hin und wieder besuchen kommen.«

»Und wissen deine Großeltern davon?«, fragte Dad.

»Nein, es sollte eine Art verfrühtes Weihnachtsgeschenk für sie sein.«

Langsam und betont deutlich sagte Dad: »Ihr beiden hattet also vor, einfach bei ihnen aufzukreuzen? Ich muss sagen, Maddy, dass ich das nicht von dir gedacht hätte.«

»Aber nein, Maddy wollte nicht bei meinen Großeltern leben«, korrigierte ich. »Maddy ist nur hier, weil sie unser Haus beobachtet hat.«

Jetzt sah Dad noch verwirrter drein.

»Ich meine, sie hat es nur seit heute Morgen beobachtet.« Ich wandte mich zu ihr. »Du hast dir gedacht, dass ich vielleicht weglaufen würde, nicht wahr?«

»Und ob«, sagte Maddy.

»Aber warum wolltest du weglaufen, Luis?«, fragte Dad leise.

»Schau«, sagte ich, »es hat nichts mit irgendetwas zu tun, das du oder Mum gemacht haben. Es war … Wie in aller Welt soll ich es erklären?«

»Es war der öffentliche Druck wegen deines Ruhms, nicht wahr?«, kam mir Maddy zu Hilfe.

»Genau das ist es«, sagte ich. »Alle haben mich angesehen und gedacht, ich wäre ein totaler Freak, weil ich mich im Fernsehen live übergeben habe. Ich habe mich einfach nicht mehr wie ich selbst gefühlt. Also dachte ich, ich könnte all dem entkommen. Ich hatte mich gerade am Kartenschalter angestellt, als meine Bewährungshelferin« – ich grinste Maddy an – »auftauchte und mir kräftig den Kopf wusch.«

Jetzt wird er mir gleich eine gehörige Strafpredigt halten, dachte ich. Ich kannte die Warnsignale. Doch stattdessen sagte Dad ganz unerwartet: »Ich kann mir vorstellen, dass du überrascht warst, mich hier drin zu sehen.«

»Nun ja, ein wenig schon«, erwiderte ich vorsichtig.

»Du hast dich wahrscheinlich gefragt, warum ich nicht in London bin.«

»Ach, eigentlich nicht«, sagte ich leichthin. »Dein Meeting wurde wohl verschoben, oder?« Ich versuchte, ihm aus der Sache herauszuhelfen.

Das tat auch Maddy, die ergänzte: »Die Meetings von meinem Dad werden ständig verschoben.«

»Nein, ich habe eine Notlüge erzählt«, sagte Dad. »Ich hatte kein Meeting in London, und ich hätte nicht so tun sollen, als ob. Ich weiß auch nicht, warum ich das gemacht habe. Es ist mir wohl etwas peinlich, dass ich …« Dad war knallrot angelaufen. »Die Sache ist die, dass ich neulich im Internet mit jemandem gechattet habe. Wir haben uns hier verabredet.«

Maddy sprang von ihrem Stuhl auf, als hätte er plötzlich zu glühen angefangen. »Ich muss gehen«, rief sie aus.

Ich fragte mich inzwischen, was in aller Welt Dad mir gleich erzählen würde. Was auch immer es sein mochte, ich war zu jung, mir das anzuhören. Ich wollte einen Dad, der unförmige Pullover trug und sich über die Kartoffelpreise aufregte. Ich wollte nicht diese neue, zwielichtige Version, die sich an schmierigen Orten herumtrieb und sich mit Leuten traf, die er aus dem Internet kannte.

»Bitte setz dich wieder, Maddy«, sagte Dad ruhig. »Ich will keine Geheimnisse mehr haben, darum sollt ihr es beide erfahren. Ich treffe mich mit jemandem« – an dieser Stelle schloss ich die Augen –, »der eine kleine Selbsthilfegruppe für Hausmänner leitet. Er und ein anderer Typ aus der Gruppe werden gleich hier sein.«

In diesem Augenblick stießen Maddy und ich den lautesten Erleichterungsseufzer aus, den du je gehört hast.

»Sie wollen mir helfen, mich weiterzubilden und neue Kontakte zu knüpfen«, sagte Dad. »Außerdem bieten sie einen kleinen Kochkurs für Väter an.«

»Wird ein kleiner Kurs denn reichen, Dad?«, fragte ich ihn.

Er grinste. »Ich habe mir gedacht, dass du und Elliot mal was anderes brauchen als Bohnen auf Toast und Omeletts.«

»Ganz recht«, sagte ich, »wenn Mum nicht jeden Abend noch etwas dazugemacht hätte, würde ich jetzt meine Hände anknabbern.«

»Nun, das wird sich alles ändern. Bald schon werde ich so kulinarische Genüsse auftischen wie …« Plötzlich erhob sich Dad. »Ich glaube, da kommen schon meine Gäste.«

Sie waren es. Zwei fröhlich aussehende Kerle schüttelten Dad die Hand, während ich Maddy zuflüsterte: »Aber die sehen ja ganz … normal aus.« Dann fuhr ich hastig fort: »Warum hab ich das gesagt? Warum sollten sie nicht normal sein?«

»Weil Menschen immer versuchen, andere Menschen in Schubladen zu stecken«, erwiderte sie aufgebracht. »Nur Frauen dürfen den ganzen Tag daheim sein. Und ich finde, das ist so bequem und dumm, denn es hält die Menschen davon ab, ihr ganzes Potenzial zu entwickeln und –«

»Maddy, beruhige dich«, unterbrach ich sie. »Ich bin der gleichen Meinung.«

Dann eilte Dad zu uns zurück. Er hatte den beiden Männern erklärt, dass er uns noch schnell in die Schule karren müsste. Also setzte er Maddy zuerst an ihrer Schule ab. Im Weggehen raunte sie mir noch zu: »Vergiss nicht, deinem Dad die guten Neuigkeiten zu berichten.«

Wie konnte ich das nur vergessen? Also erzählte ich es Dad. Er war hocherfreut. Dann sagte er: »Im Café erwähntest du, dass du weglaufen wolltest, weil du dich nicht wie du selbst gefühlt hast …«

Ich nickte vorsichtig.

»Nun ja, ich habe mich eine Weile auch nicht wie ich selbst gefühlt.«

»Seit du deinen Job verloren hast.«

»Ja, es war, als wäre etwas verloren gegangen, und zwar der wichtigste Teil von mir.« Er gluckste leise. »Ich glaube, das ist der Grund, warum es mir solchen Spaß gemacht hat, deine Hausaufgaben zu erledigen.«

»Jederzeit wieder«, murmelte ich.

»Und ich habe deine Gesellschaft genossen, Luis.«

»Kann ich gut verstehen.«

»Und zwar so sehr, dass ich manchmal vergessen habe, dass ich außerdem dein Vater bin. Das hätte ich nicht tun sollen. Das schafft nur Verwirrung. Tut mir leid.«

Einer meiner Eltern entschuldigte sich doch tatsächlich bei mir!

Dann verdarb er alles wieder, indem er ankündigte: »Wir haben übrigens einen Nachhilfelehrer für dich gefunden.«

Ich konnte ihn nur mit unverhohlenem Entsetzen anstarren.

»Möchtest du wissen, wer es ist? Ich!«

»Um ehrlich zu sein, Dad, hat mir unser altes Arrangement besser gefallen, als du einfach meine Hausaufgaben gemacht hast.«

»Tut mir leid, dieses Angebot besteht nicht mehr.«

»Tja, dann sollte ich dich warnen«, sagte ich, »ich kann mich nicht länger als zwei Sekunden auf meine Hausaufgaben konzentrieren. Verglichen mit mir wirkt ein Goldfisch wie eine Intelligenzbestie. Aber du kannst es ja mal mit mir versuchen, wenn du magst.«

Dann sagte Dad sanft: »Weißt du, ich werde es schaffen, einen neuen Job zu finden.«

»Ich weiß, dass du es schaffen wirst«, erwiderte ich, ohne zu zögern. »Aber eigentlich finde ich es ganz cool, dass du und Mum getauscht haben. Ihr seid fast so etwas wie Rebellen. Ich bin sogar stolz auf euch. Ich werde zumindest stolz sein, wenn du etwas anderes kochen kannst als Bohnen auf Toast.«

Mindestens intergalaktisch

19.50 Uhr

Heute Abend hat Dad Mum und Elliot erzählt, dass er sich dieser Selbsthilfegruppe für Hausmänner angeschlossen und sich zu ihrem Kochkurs angemeldet hat. »Das war in Wirklichkeit das Geschäftsmeeting, das ich heute hatte«, gestand er und wirkte dabei etwas kleinlaut.

Dann erzählte er Mum, dass er mich an diesem Morgen im Café gesehen hatte und warum ich dort gewesen war. Ich erwartete, dass sie mir gehörig den Marsch blasen würde, doch sie sagte: »Manchmal würden wir alle gerne davonlaufen, Luis, und ich verstehe, warum du es tun wolltest.«

»Wirklich?«, fragte ich erstaunt.

»Oh ja, aber ich bin sehr, sehr froh, dass du wieder heimgekommen bist.«

Und das war alles, kein Marsch!

Unfassbar.

21.30 Uhr

In der Geografiestunde fragt der Lehrer die Schüler: »Wenn ich im Schulhof ein tiefes Loch grabe, wo komme ich dann hin?«
Ein Schüler antwortet: »Ins Irrenhaus.«

Und noch einer:

Wieso musste die Zaubershow abgesagt werden?
Weil im Publikum Trickdiebe waren.

Was soll ich sagen, die Witze fließen nur so aus mir heraus. Aber als ich Maddy heute meine Nummer zum ersten Mal vorgespielt habe, war ich ein wenig ausgetrocknet. Ich habe nur für ein paar Tage lang aufgehört, Komiker zu sein, und schon war mein Witzigkeitslevel dramatisch gesunken. Kannst du dir das vorstellen?

Freitag, 20. Dezember

6.50 Uhr

Ich bin schon seit Ewigkeiten wach. Und obwohl es in meinem Zimmer kälter ist als in Sibirien, bin ich herumgelaufen und habe meine Nummer geübt.

Heute werden wir nicht in einem Wagen abgeholt und zum Studio gebracht. Wir müssen selber hinfinden. Darum nehmen wir den Zug. Zum Glück ist heute der letzte Tag vor den Ferien und der Unterricht endet schon um halb zwölf. Wir sollten es also locker schaffen, um fünf Uhr dort zu sein.

Und diesmal begleiten mich nicht nur Dad und Maddy. Mum

hat sich den Nachmittag freigenommen (sie ist jetzt quasi ihr eigener Boss) und der Zwerg kommt auch mit.

Übrigens werde ich sicherheitshalber niemandem an der Schule verraten, dass ich es mache … nur für alle Fälle.

17.00 Uhr

Ich war kaum im Fernsehstudio angekommen, da traf mich wieder die ganze Peinlichkeit meines letzten Auftritts. Ich dachte nicht, dass es jemandem aufgefallen wäre, aber dann flüsterte Maddy mir zu: »Vergiss nicht, dass du heute Abend ein anderer Mensch bist.«

Von ihr stammte die Idee, dass ich mir einen völlig neuen Look verpassen soll. Also mache ich jetzt einen auf schick, mit Anzug, Fliege, blitzblank gewienerten Schuhen und als Blickfang eine grellrote Weste, die Maddy in einem Secondhand-Laden gefunden hat. Ich war nicht besonders überrascht, dass jemand das Teil loswerden wollte – es ist unglaublich knallig. Aber wenn diese Aufmachung die Erinnerung an den Superkotzer nicht auslöschen kann, dann weiß ich auch nicht.

17.25 Uhr

Evie hat uns erwartet. Quietschfidel sagte ich zu ihr: »Ich wette, Sie haben nicht erwartet, mich jemals wiederzusehen. Tut mir leid, dass ich letztes Mal so spektakulär eklig gewesen bin.«

»Es war ganz schön ungezogen von dir, uns nicht zu verraten, wie krank du warst«, sagte Evie. »Aber du wolltest deine Chance nutzen. Und die Show hat bestimmt eine Menge Publicity bekommen, nachdem –« Sie zögerte.

»Nachdem ich den Moderator von oben bis unten vollgespuckt hatte«, unterbrach ich sie. »Keine Sorge, heute Abend werde ich mich vorbildlich benehmen.«

17.40 Uhr

Maddy und meine Familie sitzen jetzt auf den Zuschauerplätzen im Studio. Man hat mir das Gesicht abgepudert. Jetzt kann es nicht mehr lange dauern.

17.56 Uhr

Poppy hat vorbeigeschaut.

Ich sagte: »Falls ich es später vergessen sollte, noch mal vielen Dank für …«

»Das Budget für diese Show war so niedrig, dass wir uns niemand anderen leisten konnten«, meinte sie grinsend. »Also geh da jetzt raus und sei großartig, aber nicht zu großartig. Denk dran, wessen Show es ist.«

»Na klar, wie war noch mal dein Name?«

Da kam Evie hereingeeilt. Poppy wurde dringend gebraucht. Sie musste also gehen und ich verspürte einen eifersüchtigen Stich. Es muss sich toll anfühlen, dringend gebraucht zu werden. Aber wenigstens war ich hier. Das war unglaublich.

Dann kam Evie zurück und sagte, dass die Show aufgezeichnet wird, es sei also nicht schlimm, wenn ich einen Fehler mache. Trotzdem wäre es ihnen lieber, wenn alles wie am Schnürchen ablief, denn die Zeit war knapp.

Gleich bin ich dran. Und zwar direkt nachdem Poppy ihre Show angesagt und einen kurzen Eröffnungstrick gezeigt hat.

Es ist wirklich erstaunlich. Vor gerade mal zwei Tagen habe ich meine Flucht vorbereitet. Und jetzt fühlt es sich an, als läge der Mittwoch Monate zurück, und – hey, ich glaube, ich höre etwas.

Ja, es stimmt.

Evies Stöckelschuhe klappern den Korridor entlang. Sie kommt bestimmt, um mich abzuholen.

Panik schießt in mir hoch. Aber nein, ich darf jetzt keine Angst bekommen. Das, wovon ich geträumt habe, worauf ich so lange gewartet habe, wird in diesem Augenblick wahr.

Diesmal werde ich es nicht vermasseln.

BESTIMMT NICHT.

21.20 Uhr

Bevor ich wusste, wie mir geschah, war auch schon alles vorbei. Die drei Minuten sausten nur so dahin. Dabei hätte ich noch viel länger dort draußen bleiben können. Ich war auch nicht nervös. Nicht, als ich tatsächlich auf der Bühne stand.

Hinterher klatschte das Publikum jedenfalls, und Poppy zeigte mir die hochgereckten Daumen, bevor sie selbst wieder auf die Bühne rollte. Dann flüsterte Evie mir zu, dass ich die Nummer nicht zu wiederholen brauchte, und ein Mädchen, das ich noch nie gesehen hatte, begleitete mich in den Green Room und sagte, dass dort meine Familie auf mich warten würde.

Aber sie schienen für den Weg aus dem Studio länger zu brauchen, denn als ich in den Green Room kam, war kein Schwein da. Das war äußerst ernüchternd.

Endlich kam meine Familie hereingerauscht, doch als sie mich sahen, hörten sie alle zu reden auf. Ein paar Sekunden lang starrten sie mich einfach nur an.

Das war vielleicht nervenaufreibend. War etwas schiefgegangen? Etwas, das ich nicht bemerkt hatte? Bei mir war das durchaus möglich. Doch dann brachen sie alle in wilden Jubel aus und redeten durcheinander, und Mum rief: »Luis, du warst sensationell.«

Also »sensationell« ist ein Wort, das meine Mum nicht besonders oft benutzt und niemals im Zusammenhang mit mir! Dann sagte Dad: »Das war zweifellos dein bester Auftritt. Ich war noch nie so stolz auf dich.«

»Ich auch nicht«, sagte Mum.

»Ich glaube, ich bin auch ein bisschen stolz«, meldete sich Elliot zu Wort.

Dann hörten Dad und Mum überhaupt nicht mehr auf, davon zu reden, dass sie jedem erzählen würden, wann ich im Fernsehen zu sehen sein werde (an Heiligabend um 17 Uhr). Sie platzten wirklich fast vor Stolz.

Was Maddy anbetrifft, sie lächelte mich recht schüchtern an und sagte: »Heute Abend kam es mir so vor, als hätte ich dich nie zuvor gesehen. Wenn das gesendet wird, wirst du … intergalaktisch sein, mindestens.«

Wir hingen noch eine Weile im Green Room herum, weil wir dachten, dass Evie oder jemand von der Fernsehgesellschaft gleich reinplatzen und rufen würde: »Gut gemacht« oder »Fröhliche Weihnachten«, aber ich schätze, sie waren alle viel zu beschäftigt. Also sind wir schließlich einfach sang- und klanglos abgezogen. Aber ich kann dir sagen, dass der Glanz des heutigen Abends durch nichts getrübt werden kann. Ja, ich wäre nicht mal besonders erstaunt gewesen, wenn ich einen Lichtschweif den Flur entlanggezogen hätte.

21.35 Uhr

Liebes Tagebuch, ich habe die wichtigste Neuigkeit bis zuletzt aufgehoben.

Maddy ist noch kurz mit zu uns nach Hause gekommen. Aber wir hatten kaum Gelegenheit, miteinander zu reden, da Elliot, der sich jetzt ein bisschen vernachlässigt fühlte, darauf bestand, uns seine komplette Rolle aus *Oliver Twist* vorzuspielen. Und wir mussten uns alle hinsetzen und begeistert klatschen.

Aber kurz bevor Maddy ging, waren sie und ich in der Küche allein. Und da sprudelte es nur so aus ihr heraus. »Ich werde übrigens nicht mit Edgar ausgehen. Das hat er nur gesagt, um dich zu provozieren.«

Hoffnung regte sich in mir.

»Und mit dir werde ich auch auf kein weiteres Date mehr gehen.«

Und schon war die Hoffnung wieder mausetot. Was für ein unrühmliches Ende für einen großartigen Abend.

Hastig redete sie weiter. »Es gibt ein paar Sachen, die kann ich einfach nicht tun, zum Beispiel in der Öffentlichkeit reden, vor Publikum schauspielern, mich mit Ratten oder Schlangen abgeben … oder mich mit jemandem verabreden, egal mit wem. Unser letztes Date war schließlich eine Katastrophe, nicht wahr?«

Bevor ich etwas erwidern konnte, sagte sie: »Das wusste ich von dem Moment an, als ich etwas Besonderes mit meinen Haaren angestellt hatte. Es sollten dichte Locken werden, aber sie begannen sich bereits zu entrollen, bevor wir den Friseursalon verließen. Und kurz darauf sah ich aus wie ausgerotzt.«

»Maddy, das stimmt doch überhaupt nicht.«

»Luis, könntest du mir einen Gefallen tun?«

»Jeden.«

»Dann hör auf, mich zu unterbrechen, und lass mich ausreden.«

»Tut mir leid.«

»Die Sache ist die, dass ich nie wieder auf ein Date gehen werde, in meinem ganzen restlichen Leben nicht. Aber ich werde auf ein Nicht-Date gehen, mit einer Person – mit dir.«

»Ein Nicht-Date«, wiederholte ich und dachte einen Augenblick darüber nach. »Wir gehen also beispielsweise zusammen ins Kino, aber wir verraten niemandem, dass es sich um ein Date handelt.«

»Nicht einmal uns selbst«, sagte Maddy.

»Und wir ziehen uns nicht schick an oder frisieren uns.«

»Wir frisieren uns ganz bestimmt nicht«, bekräftigte Maddy.

Ich grinste, legte meine Hand auf ihre und fragte: »Maddy, würdest du gerne mit mir auf ein Nicht-Date gehen?«

»Nichts lieber auf der Welt«, antwortete sie.

Das sind also die großartigen Neuigkeiten. Die besten. Das einzige Problem ist, dass ich noch nicht sicher bin, wann wir dieses Nicht-Date haben werden, denn – du wirst es nicht glauben – ich habe immer noch bis Neujahr Hausarrest. Aber keine Sorge, ich werde meine Eltern bearbeiten und an ihre festlichen Weihnachtsgefühle appellieren.

Jedenfalls weiß ich genau, wo Maddy und ich an Heiligabend um 17 Uhr sein werden: Sie kommt her und wir sehen uns gemeinsam mit Mum, Dad, Elliot und meiner Wenigkeit Poppys Show an.

Ich trete zwar nur drei Minuten lang auf (hoffentlich kürzen sie meine Nummer nicht), aber ich werde immerhin im Fernsehen sein und Witze erzählen. Ich bin meinem Traum näher gekommen. Also, gib niemals auf, okay? Kämpfe immer weiter und …

Für weitere Erläuterungen ist kein Platz mehr, denn ich bin auf der letzten Seite meines Tagebuchs angekommen. Stell dir das vor.

Du warst ein toller Zuhörer. Darum erzähle ich dir zum Abschied noch einen letzten Witz. Er ist total bescheuert und darum einer meiner Lieblingswitze.

»Sag mal, Dad, wo liegt Afrika?«
»Keine Ahnung, deine Mutter hat aufgeräumt.«

Immer schön weiterlächeln!
Luis, die Lachnummer

Pete Johnson wurde 1962 in Winchester/England geboren. Als er acht Jahre alt war, schrieb er einen Brief an die Schriftstellerin Dodie Smith (»101 Dalmatiner«), die er sehr bewunderte. Diese Brieffreundschaft dauerte zwanzig Jahre an, und Dodie Smith forderte Pete schließlich auf, selbst Bücher zu schreiben. Nach dem Studium an der Birmingham University arbeitete Pete Johnson jedoch zunächst als Filmkritiker für Zeitungen und beim Radio und wurde dann Lehrer für Englisch, Drama und Medienkunde.

Als er guten und mitreißenden Lesestoff für seine Klasse suchte und nichts finden konnte, was den Alltag seiner Schüler widerspiegelte, beschloss er, selbst Bücher zu schreiben. Mittlerweile ist Pete Johnson einer der bekanntesten und beliebtesten Autoren Großbritanniens und wurde für seine Kinder- und Jugendbücher mit zahlreichen Preisen ausgezeichnet.

Mehr über den Autor erfahrt ihr unter:
www.petejohnsonauthor.com

Von Pete Johnson sind außerdem erschienen:

Wie man 13 wird und überlebt
ISBN 978-9-7607-8448-9

Wie man die Ratschläge seiner Eltern ignoriert
ISBN 978-9-7607-8627-8

Wie man die Welt rettet
ISBN 978-9-7607-8029-0

Wie man voll krasse Superkräfte kriegt
ISBN 978-3-8458-0766-9

Wie man im Chaos überlebt
ISBN 978-9-7607-7998-0

Wie man seine Lehrer erzieht
ISBN 978-9-7607-8685-8

Wie man ratzfatz reich und berühmt wird
ISBN 978-9-8458-0506-1

Wie man seine Eltern erzieht
ISBN 978-9-7607-5353-9

Wie man seine voll peinlichen Eltern erträgt
ISBN 978-3-8458-0314-2

WEITERE ABENTEUER DER BERLINER BANDE:

Die Schattenbande jagt den Entführer

ISBN 978-3-8458-0358-6

Die Schattenbande in Gefahr

ISBN 978-3-8458-0495-8

Die Schattenbande und die große Verschwörung

ISBN 978-3-8458-0604-4

Die Schattenbande hebt ab

ISBN 978-3-8458-1083-6